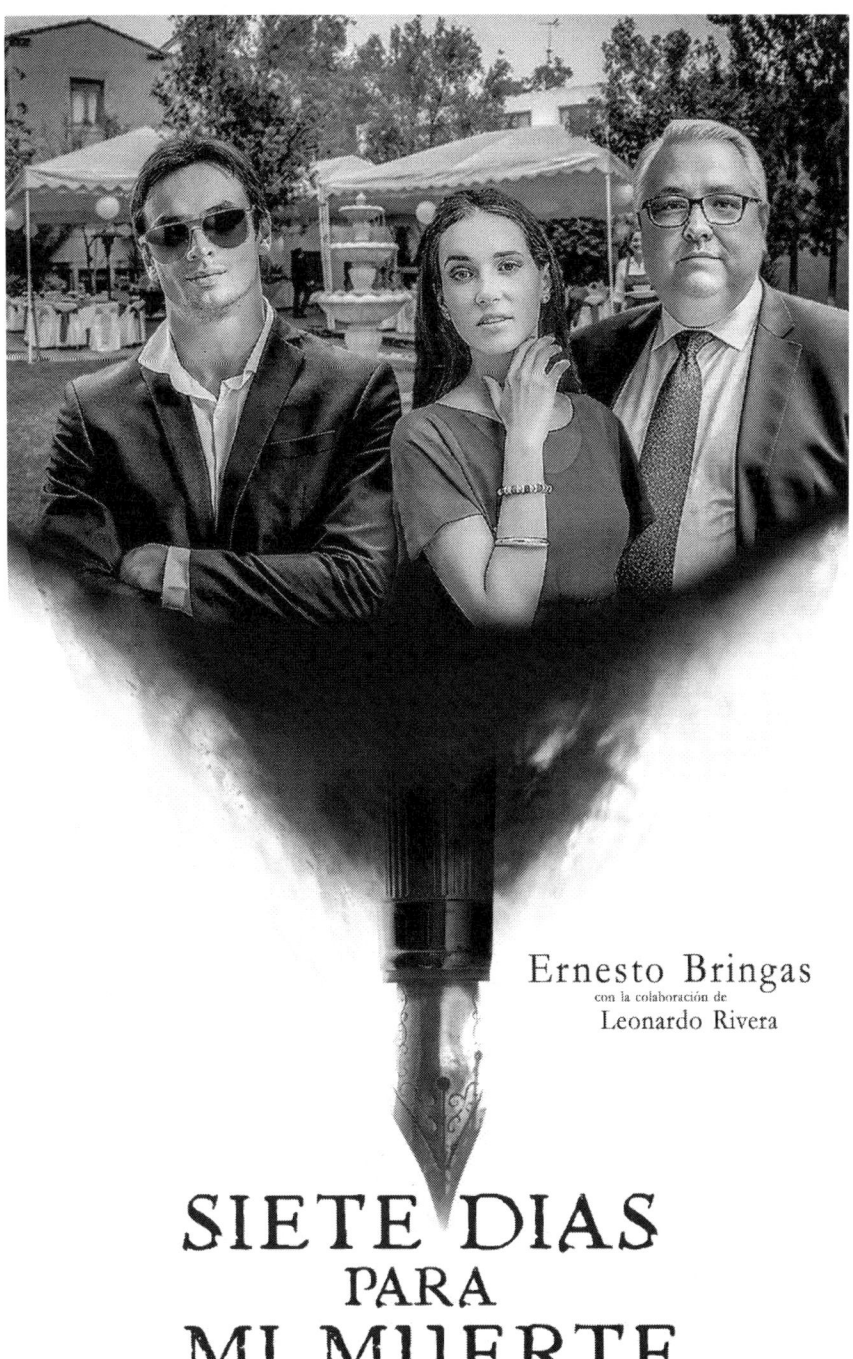

Siete días para mi muerte
Primera Edición

Copyright ©Ernesto Bringas Caire-**Todos los derechos reservados**

Copyright ©Leonardo Rivera Granados-**Todos los derechos reservados**

Todos los derechos reservados. Bajo las sanciones establecidas en las leyes, queda rigurosamente prohibida, sin la autorización escrita por los titulares del copyright, la reproducción total o parcial de esta obra por cualquier medio o procedimiento, comprendidos la reprografía y el tratamiento informático, así como la distribución de ejemplares mediante alquiler o préstamo público ya sea de manera física o digital.

Ninguna parte de esta publicación, incluido el diseño de la cubierta, puede ser reproducida, almacenada o transmitida en manera alguna ni por ningún medio, ya sea eléctrico, químico, mecánico, óptico, de grabación o de fotocopia sin permiso previo de los autores.

Esta es una obra de ficción. Nombres, personajes, lugares, e incidentes son producto de la imaginación del autor o son usados de manera ficticia. Cualquier semejanza con eventos actuales, locaciones o personas, vivas o muertas, son mera coincidencia.

DESCRIPCIÓN

En un amanecer sin memoria, Reni encuentra una fotografía
con tres extraños rostros y un mensaje siniestro que dice:

"Reni, en siete días vas a morir, utiliza bien tu tiempo.
El asesino aparece en la foto."

Ahora, Reni deberá encontrar la verdad oculta detrás de esa fotografía y descubrir quién es el asesino entre las personas retratadas. Cada segundo cuenta en esta carrera contra el tiempo para desentrañar su pasado y enfrentar un destino fatal inevitable. ¿Será capaz de superar la amnesia y desvelar su misterioso pasado antes de que se acabe su tiempo?

Primeramente a Dios

A mi hermano Antonio y su familia: Ingrid, Cristian y Valeria.

A mis amigos: Alejandro Rivera, Rubén Acuña, Fausto Márquez.

Agradecimientos especiales: Elsa Flores, Elliot Corpus, Elena Gutiérrez y Jara Santolaria.

E.B.C.

A Celeste Gutiérrez, a mis padres.

L.R.G.

A Eso…

A eso de caer y volver a levantarte.
A eso de fracasar y volver a comenzar.
A eso de seguir un camino y tener que torcerlo.
A eso de encontrar un dolor y tener que afrontarlo.
A eso, no le llames adversidad,
a eso, llámale sabiduría.

Petry Becerra
(Mi abuela)

CONTENIDO

Día 1	Pág. 9
2	Pág. 21
3	Pág. 22
4	Pág. 26
5	Pág. 27
6	Pág. 34
7	Pág. 36
8	Pág. 41
9	Pág. 43
10	Pág. 45
11	Pág. 49
Día 2	Pág. 52
2	Pág. 59
3	Pág. 62
4	Pág. 65
5	Pág. 66
Día 3	Pág. 68
2	Pág. 70
3	Pág. 75
4	Pág. 80
5	Pág. 85
6	Pág. 89
7	Pág. 90
Día 4	Pág. 92
2	Pág. 98
3	Pág. 100
4	Pág. 103
5	Pág. 105

6	Pág. 108
7	Pág. 114
Día 5	Pág. 118
2	Pág. 122
3	Pág. 124
Día 6	Pág. 128
2	Pág. 132
3	Pág. 133
Día 7	Pág. 138
2	Pág. 140
3	Pág. 142
4	Pág. 146
5	Pág. 149
6	Pág. 151
7	Pág. 160
8	Pág. 177

Uróboros

La palabra uróboros proviene del griego *ourobóros* y significa serpiente que se come su propia cola. Simboliza el ciclo sinfín de las cosas, el esfuerzo eterno, la lucha eterna o bien el esfuerzo inútil, ya que el ciclo vuelve a comenzar a pesar de las acciones para impedirlo.

DÍA UNO

8 de agosto.

1

Mi nombre es Reni, pero eso… todavía no lo sé. No tengo un solo rasgo memorable, ni siquiera un hecho significativo de mi existencia. Me conformaría con un recuerdo limitado, vano o moroso de mi vida, si es que tengo una, pero eso… todavía no lo sé.

Sé que vivo. Recuerdo cómo respirar; siento el impacto del aire en mis pulmones. ¿Cuánto ha pasado desde que desperté? ¿Quince, veinte… treinta minutos? No tengo fuerzas, pero necesito levantarme. En vano he fatigado mis pensamientos pegando los ojos al techo. El otro lado de la cama está vacío, como el desierto de mi memoria. Veo prendas en el piso… una blusa y unos vaqueros, de mujer. ¿Pero de quién son? ¿es esta siquiera mi casa?

La cama es estrecha y siento algo puntiagudo que tortura mi espina dorsal. Como esa horrenda varilla que escapa de la prisión de la pared… debería también tener a alguien atravesado.

La colcha parece limpia, pero hay manchas imborrables de quemaduras de cigarro. A medida que el dedo sigue su curso trazando los contornos del agujero, la imaginación se abre camino. Como un espía curioso, mi dedo se convierte en el confidente de la colcha. ¿Qué historias impregnadas de humo y calor darían testimonio de su pasado?
Son inmundas. La ropa que llevo está lista para salir... pero, ¿salir a dónde?... eso... todavía no lo sé.
Siento la profundidad negra de las cortinas. La oscuridad en el ambiente invita a una vaga intimidad.
Pero hay una luz. Proviene de un mísero hueco en la ventana de la cocina y se refleja en el color plata de las latas de cerveza apiladas sobre la mesa en forma de torre. Por lo menos, sé que me gusta tomar cerveza... si es que aquí es donde vivo.... todavía no lo sé.
Quien reside aquí tiene todas las características del observador silencioso que vive una vida solitaria y sin afectos, que obtiene satisfacción de los días oscuros y lluviosos sentado junto a la chimenea envuelto en un libro. Aquel que vive del eco de amores perdidos y oportunidades desvanecidas. El que responde anestesiado a ocupar un protagonismo en la sociedad.
Me es difícil incorporarme, la inestabilidad de mis ojos me impide distinguir entre lo real y lo imaginario. ¿Pero qué es ese olor? Necesito ventilar este lugar; el perfume del cigarro aún se conserva en la habitación. La ventana está trabada... alguien ha puesto un desarmador para atorarla. Seguro fui yo... todavía no lo sé.
¿Y ahora?... un ruido escandaloso rebota como trueno en la base de mi cráneo... aquí está, debajo de una rebanada de pizza.

—Diga.

Ignoraba con plenitud el sonido de mi voz.

—Reni, ¿dónde andas? El jefe otra vez está furioso,

quiere su correspondencia ahora.
Ahora es cuando sé que me llamo Reni.
—¿Quién habla?
—¿Bromeas en este momento?
—Tal vez.
—No puedo cubrirte tus tonterías por más tiempo, pronto se darán cuenta que aún no has registrado tu hora de entrada. En fin, es tu pellejo y no el mío.
—Bueno, bueno.
Por lo menos tengo trabajo, o tenía.
Un portallaves de madera en forma de casa de pájaros. Este manojo de llaves y la credencial deben de ser míos:

    Reni Tepes.
   Departamento de mensajería.
  Diario el Vigilante, los ojos de México.

Ahora es cuando sé a dónde ir. Pero primero tengo que limpiar mi rostro en el baño, siento la piel ceniza y la boca seca, como si hubiera sudado toda la noche.
Llega música hasta mis oídos, un murmullo sordo que parece reverberar a través de las paredes de yeso que separan mi departamento de los vecinos. Deben estar disfrutando de una fiesta o quizás solo relajándose con música de fondo, pero mi mente no puede evitar construir historias, crear personajes que viven detrás de estas paredes delgadas tan delgadas que podría jurar que, si me acerco lo suficiente, escucharía hasta los susurros de sus conversaciones.
Así de precarias son las construcciones modernas, son minúsculas, como cajas de cerillas encajadas unas junto a otras. Parecen construidas a toda prisa, sin alma ni carácter, llenos de materiales baratos que se desgastan en cuanto uno los toca. Las risas, las voces, el ritmo de la música, todo

parece invadir mi espacio personal. Es asfixiante.
Una foto en el centro del espejo. Tres personas. Una mujer. ¿Y quiénes serán los otros dos sujetos? Parece que el gordo está con ella o por lo menos la sujeta como si fuera su trofeo. El de facciones rígidas y gran altura se ve en actitud obsequiosa. El día es soleado, sin duda están en una fiesta de jardín. Muy elegantes, ¿no?, muy ridículos diría yo. Quizá sean mis amigos… o no. Eso… todavía no lo sé.
Hay una extraña nota en el reverso.

"Reni, en siete días vas a morir. Usa bien tu tiempo."
Una ayuda: El asesino aparece en la foto.

Ocho de agosto… tiene la fecha de hoy.
Vaya frase. Imbéciles.
Encenderé el auto. Un momento, ¿tengo auto?… todavía no lo sé.
Estoy en el tercer piso. Confieso que no sé qué fue, pero algo despertó mi preferencia a bajar por las escaleras para evitar el ascensor.
El estacionamiento está casi vacío. En este edificio deben vivir estudiantes o solteros porque cada departamento solo tiene asignado un cajón para auto. El mío es el trescientos tres. Me pregunto qué coche tendré; ¿un deportivo?, ¿una camioneta?, ¿qué tal uno de lujo?
Este sótano no solo es lúgubre y frío, también está mal iluminado, sumido en una penumbra inquietante que se asienta en cada rincón. El silencio me sorprende, es tan denso que parece absorber incluso el más leve susurro. Mis pasos resuenan levemente, como si la misma oscuridad los amortiguara. Siento el cuello tenso, una sensación de alerta que recorre mi columna vertebral.
Observo a mi alrededor, a la derecha y a la izquierda, por instinto o por temor a algo que no puedo ver, algo que se

esconde entre las sombras. Mi respiración se vuelve superficial, mi oído atento a cualquier sonido que rompa el silencio espectral. Pero no veo a nadie, solo la oscuridad que me rodea.

Me apresuro, queriendo salir de este lugar lo antes posible. No quiero quedarme aquí más tiempo del necesario. Este sótano es el escenario perfecto para un relato de terror, un lugar que parece destinado a albergar horrores escondidos. Y no tengo ningún deseo de descubrir si soy la víctima en esta historia macabra.

Allá está mi cajón. Pero no hay ningún coche. ¿Es en serio?... ¿una bicicleta? Juraría que mi posición daba para algo más.

Con esto llegaré todavía más tarde al trabajo. Tendré que pedir un taxi. Y no es solamente que me apene viajar en esta cosa. Sin faltar a la verdad, simplemente no sabría a qué dirección ir.

Ya en el exterior...

—¿Está libre?

Es un joven de aspecto lozano vestido con camisa a cuadros, unos vaqueros rotos y un gorro que parece haber sido tejido por alguna abuelita y que acentúa con cierta gracia su austeridad. Descansa sentado en el cofre de su coche, afuera del edificio de donde salí. Ahora me escucha. Su cigarrillo Raleigh sale volando de su mano, se incorpora y dobla el periódico que leía.

—Libre como el viento, súbase. ¿A dónde va oiga?

—Por favor lléveme a las oficinas del diario el vigilante.

—Cámara, qué curioso, es el que estaba leyendo. ¿Lo conoce?

—No suelo leer los periódicos, a no ser que se me atraviesen en la cara.

—¿Padece de algo? ¿Alguna lesión oiga?

—Qué preguntas.

—No se moleste oiga, pero a una edad tan joven nadie pide un taxi para recorrer cinco cuadras, y menos por Paseo de la Reforma donde hay tanto que ver.

—Eso es cosa mía.

Ahora entiendo lo de la bicicleta.

—¡Uy que genio! Es aquí oiga.

—Tome, aquí está lo suyo. Y aprenda a no entrometerse en asuntos de los demás.

El edificio es de gran altura, pero se pierde entre tantos rascacielos que lo rodean, desde aquí ya ni el Ángel de la Independencia se puede ver. El periódico debe ser de los más importantes en la ciudad; su majestuosa arquitectura lo hace parecer un palacio de época erguido en medio de una ciudad de luces y humo. Supongo que la entrada de los empleados no es por el acceso principal, debe haber una puerta de servicio por la calle perpendicular. Seguro es ahí, donde está barriendo la anciana. Mantiene una actitud vigilante, pero a la vez serena, como quien ha aprendido a vivir. En cuanto me ve, detiene la marcha de su escoba y se cruza de brazos…

—Bueno, bravo. Al fin te decidiste a venir. No sé cómo le haces, pero hasta tienes suerte; el director entró a junta y por un momento se ha olvidado de tu ausencia.

No sé quién es, ni qué decirle. Me mantengo en silencio.

—Pero no te quedes ahí, aprovecha y deja su correspondencia con Martita. El jefe sigue furioso porque Félix no ha llegado y no contesta su celular. Por cierto, también ha llegado un sobre para él.

—Entiendo. Gracias… Paula.

Veo su nombre en su credencial.

Percibo en sus palabras más un regaño maternal que en un verdadero disgusto. Siempre es útil ser del agrado de los conserjes; se hacen los muy discretos, pero resulta que lo saben todo.

Entonces debo dirigirme a la oficina del jefe, y el único camino a seguir es un pasillo largo y oscuro que parece extenderse hasta el infinito. La atmósfera es tétrica, cargada de una presencia inquietante, como si un fantasma se escondiera en algún rincón. La idea de semejante posibilidad me provoca una carcajada nerviosa, que resuena en el silencio como una nota discordante.

La derecha me llevaría de vuelta a la puerta por donde entré, hacia el personal de intendencia y el almacén, pero mi objetivo está a la izquierda, donde se encuentran las oficinas del personal operativo. Este pasillo es mi ruta diaria; lo reconozco por las marcas desgastadas en la alfombra, dejadas por las ruedas del carrito de la correspondencia.

Al fondo del corredor, mi reflejo aparece en una puerta de cristal que separa los dos mundos: el del personal administrativo y el del operativo. La puerta es una frontera casi invisible, y por un instante me pregunto si ese destello en el cristal es el espíritu que creo haber visto.

Del otro lado la gente surge a racimos de todas partes y a toda prisa. Unos entran y otros salen de sus oficinas, del elevador, de la cafetería, del baño.

Pero nadie nota mi presencia. Pareciera que soy invisible, tanto mejor. Según los letreros, el director está en el quinto piso. Si no fuera porque tengo que empujar este carrito de correspondencia no tendría que usar el elevador.

En lo más profundo de mi conciencia, una inquietante idea me invade: el temor de que un día, las puertas que antes se abrían cómodamente queden selladas, condenándome a una muerte en confinamiento asfixiante.

Al fin llegué a mi destino. Me encuentro con una señora de cabellos blancos y facciones toscas sentada detrás de un escritorio. Pareciera del tipo que suelen organizar

acontecimientos sociales de beneficencia, partidas de lotería para viejitos y tandas de dinero. Lleva anteojos con montura dorada sujetos por una cadena que le rodea el cuello. En la pared, detrás de ella, un gran retrato y una placa anuncian: Alejandro de la Garza, director general.
Ahora detiene lo que está haciendo y mira su reloj.

—Hola… ¿Martita?

—Ya era hora, ¿Dónde te habías metido?

—Se me hizo tarde.

—Los de tu generación no conciben el valor de la responsabilidad, ni el valor de la puntualidad, ni el valor… de ningún valor. Un día de estos te van a poner de patitas en la calle y lo voy a festejar.

Qué impasibilidad la de esta mujer.

—Este sobre es para el jefe. ¿Usted sabe si ya regresó Félix?

—Ese vago aún no llega. Julia ha estado llamando a su celular, pero manda derechito a buzón.

—Seguro ha de tener un buen motivo.

—Patrañas. No es novedad que nuestro editor amanezca con resaca de diablo dos o tres veces por semana. Todos los asuntos del día se detienen hasta que el señorito está en disposición de venir a trabajar. Si no fuera el hijo del director…

—Bueno, le dejaré la correspondencia con su secretaria.

—Y que sea rápido, ¿qué creen que no me doy cuenta? Julia y tú tienen un gusto natural para perder el tiempo en el trabajo.

Vieja antipática. Por lo menos averigüé que Félix es el editor y el hijo del jefe. Ahora al cuarto piso.

Hay una señora en el elevador.

—¿Pudiste entregar todo a tiempo Reni?

Su cara me es familiar.

—Me falta el sobre de Félix y precisamente voy para su oficina, ¿pudieras presionar el botón de su piso?

—Siguen sin gustarte los ascensores, ¿cierto?
Ahora recuerdo, es Paula, la conserje.

—No puedo entender por qué en este lugar hay elevadores viejos, temblorosos y ruidosos.

—Bueno eso se debe a que este edificio tiene antigüedad eterna, fue de los primeros que se encarnaron en esta zona de la ciudad. No sé si sabrás, pero el Paseo de la Reforma fue construido por mandato del emperador Maximiliano para conectar el Castillo de Chapultepec con el Palacio Nacional. Claro que los elevadores se instalaron hasta después.

—Pues será el sereno, pero aun así no me gustan.

—Y, exactamente... ¿cuál es tu preocupación Reni?

—Que las puertas se atasquen y estas cuatro paredes sean mi ataúd.

—Estos elevadores no serán de último modelo, pero tampoco son tan peligrosos como te parecen. Últimamente les han agregado un salvavidas.

—¿Una llave?

—Se usa cuando falla el ascensor; abre este pequeño compartimento. Con esta palanca se libera el seguro y la puerta se puede abrir manualmente.

—Pero yo no tengo una de esas, por lo tanto, eso no apacigua mi intranquilidad.

—Solamente hay tres, una la tiene el director, otra Félix y por supuesto la que tengo yo. Pero ese no es el punto, si te quedas sin poder salir, aprietas este botón rojo para activar la alarma. Con una de las llaves podemos hacer que desde afuera se abra la gaveta.

—¿Y este otro botón que tiene cerrojo para qué es?

—Lleva al último piso, sin la llave no se puede llegar a él.

—¿Y no me vas a decir que hay ahí?

—No lo has preguntado.

—Pues lo pregunto.

—No es nada misterioso. Es un almacén de archivos viejos del periódico. En otros tiempos, antes de la era digital, ahí se guardaba el efectivo, por eso lo de la llave. Y curiosamente acaba de haber un drama por ella. Félix aseguró que se la habían robado. Después resultó que estaba en su oficina debajo de la correspondencia. Bueno, ya llegamos al piso en donde debes bajar.

Este nivel sí me gusta, qué tranquilidad, parece desierto. Pero por supuesto, aquí se encuentra todo el personal administrativo y Paula mencionó que en este momento hay junta con el director.

Todas las oficinas de este piso tienen un letrero escrito sobre el cristal esmerilado de la puerta. Les ha de parecer importante acentuar desde la entrada su nombre y puesto en la compañía. Yo más bien leo orgullo, complacencia y vanidad.

Este pequeño escritorio vacío debe ser el de Julia. ¿Y ahora, a quién le entrego la correspondencia? La puerta de la oficina de Félix está abierta, quizá si entro rápido y dejo el sobre...

Me agrada su estilo: sillones de piel, escritorio de cristal, acabados de madera, hasta tiene un mini bar. ¿Cuánto ganará este tipo por no hacer nada? Su colección de fotografías muestra un modo de vida que deja a cualquiera sin aliento. Un momento... Mientras observo el retrato, una realización me golpea: la similitud con la foto de mi apartamento es innegable. Debe ser Félix, el hombre alto que aparece en la fotografía que encontré en mi departamento. Quizá también aparezco yo en alguna parte. No, parece que no soy uno de sus amigos preferidos.

Este cajón está un poco abierto, creo que no debería

tocarlo, pero podría encontrar algún detalle que moviera algo en mi memoria. Alguien más en mi posición, con sus días contados, haría lo mismo. Sí, debo obedecerme. Mis acciones están justificadas.

Veamos: un manojo de llaves, tarjetas de presentación, cigarrillos, un encendedor de gasolina… un número escrito a mano en un pedazo de papel. Me parece que lo he visto antes, pero eso… todavía no lo sé.

—Reni, ¿Qué haces?

Leo algo de decepción en el rostro de una muchacha con cuerpo cultivado, testimonio de dedicación y disciplina.

—Vine a entregar este sobre. Y como no vi a nadie pensé…

—Salte en este momento. Si te ve mi jefe, o peor tantito, si te ve Martita aquí dentro, nos corren. Por cierto, ¿dónde estabas?

Y ahora, articula con cierta determinación autócrata. En esta oficina todos se creen mis jefes.

—Me retrasé un poco, no hay porqué exasperarse. Y en todo caso, a ti tampoco te hallé en tu lugar.

—Lo mío fue porque me llamó el Director. Está furioso porque Félix no ha llegado y quiere que vayas a buscarlo a su casa.

—¿Me apuntas la dirección?

—Ya la tienes. Fui a tu lugar, y como no estabas, me permití pasar y dejarla en tu escritorio.

Por supuesto, ella sí puede entrar a donde sea sin permiso. Esta joven tiene talento notable para las contradicciones.

—Pero apúrate, no la vaya a agarrar el viejo ogro contra ti y termines pagando los platos rotos de Félix. Te veo luego.

Creo que Félix me empieza a caer bien, a pesar de que su vida nocturna parece carecer de un propósito claro o de algún significado profundo. Tal vez para él, las noches son una evasión de algo que no entiendo. Pero debo admitir que me ha permitido escapar, aunque sea por un momento, de este sombrío lugar en el que me encuentro.

Antes de irme, decido llamar al número que encontré en la oficina de Félix. Marcaré desde el teléfono local de mi escritorio para mantener un cierto nivel de anonimato y precaución. Pero apenas empiezo a marcar, algo desconcertante ocurre: ¡Es mi celular el que suena!

2

Me sumerjo en la oscuridad de mi propia historia ¿Por qué tendría Félix mi número privado? Necesito hablar con este hombre, desenterrar verdades ocultas bajo capas de olvido y confusión.

Con el teléfono en mano, navego por mi directorio, buscando un indicio, una pista que pueda revelar el enigma. Pero Félix es una sombra en mi mundo digital, un nombre ausente en mis redes sociales y contactos. ¿Qué está pasando aquí? Encontrar pistas sobre cualquier asunto de mi vida parece una fantasía.

Un destello de reconocimiento surge cuando me encuentro con un video. Es una competencia para abrir cajas fuertes, una habilidad que ahora parece parte de mi ser. En la pantalla, soy yo junto a un individuo, ambos vestidos con uniformes de la compañía Global Safe. La conexión se hace evidente: este era mi trabajo anterior, una pieza más en el rompecabezas de mi existencia fragmentada.

Pero el misterio se profundiza. ¿Por qué mis redes están tan vacías, como si hubieran sido despojadas de contenido? ¿Fui yo quien lo hizo, o hay algo más en juego aquí? La inquietud se enreda en mis pensamientos; sigo sin saber qué tendré que ver con el hijo del dueño del periódico.

3

Puedo comprobar con asombro que la separación del ámbito personal y profesional en la vida de Félix es un abismo.

Yo hubiera pensado que su residencia correspondería con los más cotizados apartamentos de la ciudad, pero me encuentro en el barrio de Coyoacán. No voy a negar que en otras circunstancias se me antojaría perderme por este pintoresco lugar; sus callejones, pequeñas plazas, y espacios floridos invitan a un ambiente bohemio. Pero esta miserable callejuela dista mucho de ser así. Y esto... esto parece ser un edificio abandonado, anhelando revivir en medio de la soledad del deterioro.

Los muros son de color rojo, pero no están teñidos del todo; se intercalan con mechones melancólicos de cemento que concuerdan en desnudez con desquebrajados marcos en las ventanas.

Toda la planta baja de la vivienda se convierte en una cochera improvisada. La puerta del zaguán, destrozada por el viento y la lluvia, ha perdido su blancura original y ahora exhibe un tono gris plomo, un color sombrío que refleja la desolación de la estructura. Los números de la puerta han perdido su color, y la entrada parece abandonada, como si el tiempo la hubiera olvidado.

El tétrico acento de esta vivienda estaría bien justificado si se mezclara con un crimen; parece el escenario perfecto para algo oscuro. Félix podría ser un maleante... o no, eso todavía no lo sé. Me inclino hacia adentro, mirando por un pequeño orificio, y me sorprende ver un auto de lujo estacionado.

De repente, creo que empiezo a entender a esta persona. Este lugar fantasmal es una cortina de humo, una fachada destinada a despistar a cualquier posible sospechoso. La apariencia descuidada de la casa disuadiría a la mayoría de los delincuentes de poner su atención en ella.
Este truco tiene más sentido si Félix pasa su tiempo libre en jaranas nocturnas y viajes de placer, como lo vi en las fotografías. Sospecho que hay mucho más de Félix de lo que aparece a simple vista. La vivienda podría parecer un escondite perfecto. Me pregunto qué otros secretos esconde esta casa y qué más podría revelar si continúo investigando.
Llamaré. Nadie responde. Las luces del exterior están todavía encendidas. Y es el único que no ha sacado la basura… ha de seguir dormido el holgazán. Me atreveré a más, intentaré abrir.
Félix no es exactamente un hombre pobre, por qué dejaría la puerta principal sin seguro… sería imprudente rechazar esta repentina invitación a echar un vistazo valioso en aras de descubrir mi pasado. Aunque me falta voluntad para proseguir debo entrar, tan solo un momento. Mis acciones están justificadas.

—Señor Félix, vengo de la oficina. ¿Hay alguien que me pueda recibir?... ¿Señor Félix? Tendré que invitarme a pasar más allá de la entrada.
Aquí invade el silencio y la oscuridad, con dificultad puedo ver mis brazos extendidos. Me inquieta la ausencia de obstáculos, la sensación de caminar en la nada. Es como si la misma esencia de la existencia hubiera sido succionada, dejando solo un vacío inquietante a su paso. Existen pocos individuos que no hayan sentido un vago espanto en el

corazón al deambular por una casa en tinieblas; un pánico insensato, sin salvación y de repentina inmovilidad, pero a todos nos llega en esta vida un momento de prueba.

Más adentro la claridad pierde timidez, es eso o mis ojos ya se acostumbraron… no lo sé, pero puedo ver algo.

Colores impuros y luctuosos en las imágenes cubren las paredes de la sala, justo arriba de la chimenea. Como siniestros seres, me observan con desconcierto y siguen mis pasos, recordándome que para ellos soy un alma intrusa. Puedo leer sus nombres grabados en una placa de metal como memento de que estos ya no existen. Quizá encuentre la mía propia y entonces pueda recordarlo todo.

Al fondo de la casa diviso la cocina. Me sorprende ver que hay dos refrigeradores: uno más pequeño que zumba suavemente en una esquina, y otro más grande que ocupa el centro de una amplia despensa. El tamaño de este último es notable, como si estuviera destinado a guardar grandes cantidades de alimentos o quizás algo más inquietante.

Lo que me resulta curioso es la ausencia de una mesa de comedor. En su lugar, hay una isla central para preparar alimentos y una barra donde imagino que se degustan las comidas. Es en esa barra donde veo un teléfono fijo. Me intriga su presencia, ya que es un objeto poco común en los hogares actuales. Usualmente, estos teléfonos se encuentran en establecimientos comerciales, no en residencias privadas.

El hecho de que haya un aparato de estos sugiere que Félix podría estar involucrado en algo más grande, algo que requiere mantener comunicaciones discretas. Pero pudiera servirme para encontrar a Félix más tarde.

Me acerco sigilosamente y apunto en mi celular el número que se muestra en el aparato. A medida que termino de anotarlo, me mantengo alerta, consciente de que cada segundo en esta casa es un riesgo.

El olor de este departamento me parece familiar. Uno de esos humores que difícilmente se olvidan, como la fragancia única de la casa de una abuela, el aroma en la piel al despertar, o el hedor de una persona muerta. ¿Y si soy yo quien lo despide?

La escalera está a oscuras, y cada paso que doy parece una zambullida en lo desconocido. El silencio es inquietante, como si los propios muros estuvieran guardando un secreto. De pronto, mi zapato pisa algo frío y duro. Al agacharme para ver qué es, descubro una bala en el suelo. Mi pulso se acelera al comprender que puede haber alguien más en este lugar.

La puerta de la recámara principal está cerrada, pero me doy cuenta de que el seguro no está puesto. No se escucha nada desde adentro, lo que me provoca una sensación de inquietud y curiosidad a la vez. Debo saber cómo están las cosas ahí dentro, pero tengo que hacerlo con cuidado.

Con precaución, empujo la puerta, apenas lo necesario para ver. Rechina levemente, y trato de abrirla con más suavidad para no alertar a nadie. Un hilo de luz se escapa por la rendija, confirmando que la bombilla del cuarto está encendida. Si Félix siguiera dormido, la luz estaría apagada. Empujo un poco más la puerta, sintiendo cómo mi mano tiembla, cómo mi corazón late de forma descontrolada.

Finalmente, la puerta se abre lo suficiente para que pueda ver con claridad.

4

Adentro, solo hay ráfagas de silencio. La atmósfera es tan quieta que puedo escuchar el murmullo de mi propia respiración. La cama está perfectamente hecha, sin una sola arruga en la colcha; mis dedos se deslizan con frescura sobre la tela, sintiendo su tersura.

El teléfono celular en la mesita de noche está apagado, y cuando lo intento encender, descubro que está descargado. Eso me desconcierta. ¿Cuánto tiempo llevará así?

Me acerco a su cartera y la inspecciono: hay dinero, identificaciones y tarjetas de crédito, todo en su lugar. Entonces, noto algo en el piso. Es una caja de plástico para balas, y está vacía. Mi mente empieza a trabajar a toda velocidad, conectando los puntos. La bala que encontré en la escalera, la caja vacía... aquí hay algo inquietante. No sé mucho de armas, pero esto no parece una coincidencia.

Nada tiene sentido. Todas sus pertenencias están aquí, pero Félix parece haberse esfumado en el aire. El departamento parece tragárselo, dejándome con más preguntas que respuestas. No encuentro un cuerpo, ni rastros de un crimen evidente, solo este vacío perturbador.

La idea de encontrar un bulto me habría dado al menos alguna pista sobre lo que le sucedió a Félix, pero la ausencia total de evidencia física es incluso más inquietante.

Me doy cuenta de que no puedo irme con las manos vacías, debo buscar cualquier otra pista que me ayude a entender qué ha sucedido aquí, pero al mismo tiempo, el peligro es real. Debo actuar con cautela, Félix podría regresar en cualquier momento. Y ahora sé que está armado.

5

El armario es un buen punto para comenzar, la gente con dinero suele guardar extraños caprichos dentro.
El de Félix es casi del tamaño de todo mi departamento. Parece una pequeña tienda de artículos para caballeros. Esta sección es la zapatería, y esta la perfumería..., esto de aquí es difícil de catalogar; una variedad de cremas rejuvenecedoras, ceras depiladoras y mascarillas exfoliantes. Cuánta vanidad la de este hombre. ¿Pero qué es esto?, una colección de disfraces de todo tipo; de policía, bombero, médico. Y no solamente son para hombre, también hay de mujer, me imagino que no es que sea un aficionado al Halloween.
Tomaré estos guantes del disfraz de catrín para revisar a fondo y no dejar mis huellas. Debo buscar en lugares insospechados y tampoco me quiero ensuciar las manos.
Hay una caja fuerte empotrada en la pared. Las posibilidades de acertar la combinación sin saber el código son realmente ínfimas, pero según lo que he podido descubrir de mi pasado, tengo maestría en esto.
Mientras giro el dial, experimento una natural tendencia a sentir su mecanismo interno. Todo esto me parece una ficción improvisada. Pero necesito algo, un estetoscopio ayudaría a escuchar mejor. Quizá en el disfraz de médico que vi en el guarda ropas de Félix hay uno ... sí, con esto será más fácil.
Descubro, sin interés de presunción, que no me siento hipócrita en lo que estoy haciendo, puedo escuchar moverse las ruedas de la caja y hasta mi tensión arterial.

Pero no debo gastar todo mi entusiasmo en esto, debo darme prisa, aún debo regresar al trabajo.
Según el video de la competencia podía abrir una caja fuerte en menos de dos minutos. Comienzo a recordar… un poco más… ya está. Veamos que hay adentro: efectivo, algunas joyas, unos bonos. Es curioso cómo el silencio invoca un estado pasajero de excitación nerviosa que puede ser acentuado por el misterio, sobre todo el inducido por nosotros mismos, pero confieso que al registrar en las cosas de este individuo no me es desagradable este sentimiento.
Aquí hay un gran sobre. Dentro hay dos cartas.

"F":

"R" no se siente bien y ha suspendido su viaje de pesca, tendremos que esperar hasta el siguiente mes. Pero yo no puedo dejar de evocar tu rostro. Conforme pasan los días, más larga me parece la esperanza de volver a verte. Al principio pensé que era capaz de mantener nuestros encuentros a la sombra del placer, pero paulatinamente ha crecido un sentimiento especial hacia ti que ya no puedo controlar. Y si alguna vez sentí algo por "R", eso, ahora se ha ido. Es triste, pero cierto. Necesito saber si tú piensas de la misma forma.

Siempre tuya
V.

"F":

Hace más de una semana y sigo atormentada por el sufrimiento de tu silencio. He estado reflexionando sobre la conveniencia o no, de escribirte de nuevo. El teléfono de tu casa no lo contestas y en la desesperación, hasta me ha pasado por la mente llamarte a tu móvil, pero sé que es riesgoso, ambos sabemos cómo es "R" de celoso y temo que nos descubra si te llamo.

Me aterra pensar que fue el revelar de mis sentimientos lo que te ha alejado repentinamente. Mi único consuelo es que de alguna forma mi anterior carta no te hubiera llegado. No estoy segura si la idea de mandarlas a tu oficina en vez de a tu casa haya sido la correcta, cuando estabas con "J" lo entendía, pero ahora... ¿O es que has regresado con ella?

Necesito una respuesta."

V.

Parece que el editor es todo un casanova el muy cabrón. Ahora tiene sentido el teléfono fijo…

Es obvio que la letra F, se ha usado para ocultar el nombre de Félix, pero, ¿a quienes pertenecerán las iniciales R, V y J? Además de las cartas hay unos recortes de periódico. Son de la columna de clasificados.

"Mira marinero
mira por la ventana
que a las ocho de la noche
estará en espera tu cortesana"
V.

"Un secreto inconfesable
que solo un caballero sabe
cuando el reloj marque las nueve

seré una diablilla insaciable"
V.

"Tres noches en espera
tres noches de agonía
hasta entonces seré reina
y tú mi rey de fantasía"
V.

Naturalmente. Félix y V tienen encuentros amorosos de fantasía, ahora comprendo para qué utilizan los disfraces.
Seguiré buscando dentro de la caja. Pero... ¿qué es esto? Lo que encuentro me deja sin aliento. Mi corazón tiembla ante una visión macabra: un cuchillo manchado de sangre, cuidadosamente guardado dentro de una bolsa sellada. El brillo malévolo del arma y su tenue aroma que se filtra desde su cautiva prisión despiertan un misterio escalofriante, uno que me incita a desvelar sus oscuros secretos.
Esta espantosa revelación, junto con la amenaza de la fotografía y el contenido de la caja fuerte, parecen involucrar a Félix en un asunto grave, uno que podría estar relacionado con un asesinato o un crimen aún más siniestro. La posibilidad de que mi persona esté implicada en este enigma se convierte en una pesada carga. ¿Podría ser que Félix tenía mi número para controlarme, manipularme o incluso incriminarme?
Mis pensamientos se disparan hacia todas direcciones, y una sensación de paranoia me invade. La idea de que yo sea una consecuencia de los problemas de Félix es aterradora, pero peor aún sería descubrir que Félix es el asesino mencionado en la fotografía.
No puedo descartar la posibilidad de que este cuchillo sea

la prueba de un crimen, ni que pueda estar relacionado de alguna forma con los problemas que Félix enfrenta. Quizás soy parte de una historia mucho más oscura y compleja de lo que imaginaba.

Las piezas del rompecabezas se van ensamblando lentamente. Tengo que actuar con cautela y seguir investigando. Si Félix es realmente peligroso y tiene planes para mí, debo encontrar una manera de protegerme y descubrir la verdad detrás de todo esto. Quizá yo sea su próxima víctima, o no. Eso… todavía no lo sé.

Aquí hay más. Encuentro un dibujo que me cautiva, es el misterioso Uróboros, lo conozco, aunque no puedo recordar por qué. Siento que mientras contemplo este antiguo símbolo, me persigue la dualidad que representa. Es la interconexión de la luz y la sombra, la danza de la vida y la muerte, el delicado equilibrio entre la creación y la destrucción. Un puente entre la introspección y la fascinación, me impulsa a enfrentar los profundos misterios de la existencia y el ciclo eterno que nos une a todos. Debajo veo una nota:

"Encontrar a Elisa"

Necesito descubrir quiénes son las otras dos personas que aparecen en la foto. Y ahora aparece el nombre de Elisa. ¿Y tú qué secretos escondes?, ¿por qué querrían matarme alguna de estas personas?

Necesito ver más allá de lo que puedo entender. Por mi propio bien, no debo de tomar la amenaza con ligereza, debo abrazarla como una verdadera sentencia de muerte.

El sonido me sorprende, una serie de ruidos que no esperaba. Recuerdo haber cerrado la puerta, pero no puedo evitar dudar de mi memoria. ¿De dónde provienen esos sonidos? No es del techo ni de las paredes; es algo diferente, más tangible, más amenazante. Y ahora se escucha cada vez más cerca. ¡Alguien está aquí!

Me esfuerzo por calmarme, respirar profundamente y esconderme en silencio, pero el miedo es una bestia que se alimenta de mis pensamientos. Lentamente, me agacho y me deslizo dentro del armario, entre los abrigos que ofrecen un escudo frágil contra lo que sea que se aproxima. Puedo sentir su presencia claramente, acercándose a la entrada del guardarropa. ¿Será Félix?

Su silueta ahora bloquea la luz de la bombilla, y mi corazón late con fuerza, como si quisiera escapar de mi pecho, delatándome en el proceso, como si estuviera viviendo un relato de Poe.

¿Podría ser este el séptimo día que marca mi destino? Tal vez, he perdido la percepción del tiempo. La muerte se cierne sobre mí, y el presagio se convierte en una realidad inminente.

Veo unas zapatillas escarlatas, un color inquietante que me recuerda a las manchas en el cuchillo. Quiero ver su rostro, pero mi visión se limita a las piernas.

La figura permanece allí, seguro me escuchó y sabe que estoy aquí, o no. Eso… todavía no lo sé.

No tengo nada a mano para defenderme, nada que pueda usar como arma. Estoy sin salida bajo un montón de abrigos. Un momento… la persona busca algo entre los abrigos, el tintineo de sus alhajas resuena por encima de mi cabeza. El olor de su perfume es distintivo, una fragancia que invade mis sentidos, lo recuerdo, conozco a esta persona, pero ningún rostro me viene a la memoria.

Con el miedo apoderándose de mí, tengo que actuar con rapidez para escapar de este lugar, pero ¿cómo?...

Una idea clara me atraviesa la mente, extirpando parte de mi temor y ofreciéndome una oportunidad de escapar. Marcaré al teléfono fijo en la cocina para atraer a la persona hacia allí. Tengo que aprovechar este momento crítico para hacer mi movimiento.

Ya suena. Escucho cómo la persona corre por las escaleras hacia el teléfono. Cada paso es un sonido de alivio para mí; significa que mi plan está funcionando y ahora tengo una oportunidad de escapar.

Con el camino despejado, me dirijo rápidamente hacia la ventana de la recámara. Mis pasos son sigilosos, intentando no hacer ruido para no alertar a la persona de mi plan. Llego a la ventana, la abro con cuidado y miro hacia abajo. Si me cuelgo del marco de la ventana, la caída no será muy grande. Mi corazón sigue latiendo con fuerza, pero la adrenalina me impulsa a moverme con determinación. Me deslizo con rapidez y cautela dejándome caer hacia el suelo.

Una vez que estoy fuera, respiro con alivio, pero no puedo permitirme bajar la guardia. Mi mente aún está llena de preguntas, pero por ahora, mi prioridad es poner distancia entre mí y la casa, y asegurarme de que la persona no me siga.

6

Por poco y no la libro. ¿Qué hora es? Debo irme. Allá hay un taxi.
Alguien silba.
—Hey, Reni, Reni... por acá.
Un mesero al otro lado de la calle hace gestos. Sus dientes blancos sobresalen de su tez morena y cabellos negros rizados. La cantina se llama El Cuervo de Palas.
—Quihubo, ¿ya no reconoces a los camaradas?
—No, digo sí. Es que llevo prisa.
¿Quién será este fulano?
—Siéntate un momento y te sirvo un pulquito, tengo de mango; del que te gusta.
—Será en otra ocasión.
—¿No quieres saber quién preguntó por ti?
Eso sí me interesa.
—Pero que sea uno.
—Fue una mujer.
—¿Cómo era?
—Yo no la vi. Vino ayer, y como es mi día libre... Pero habló con Juan el cantinero, me pasó el chisme.
—¿Para qué me quería?
—Yo también tenía curiosidad y las mismas preguntas le hice al pinche Juan. Pero no quiso decir ni pio. Vació su copa y se fue.
—¿Está Juan? Me gustaría hablar con él.
—Llega hasta la noche, tiene el turno chido.

—¿Y eso por qué?

—Pues porque están las meras propinas; los clientes empinan como si tuvieran lumbre en la garganta. ¿Te sirvo otro?

—No, ¿cuánto te debo?

—Nada Reni, nada. Si solo fue un trago... lo pongo en tu cuenta si quieres.

—Gracias, luego paso a liquidarlo.

—Espera... Juan sí dijo algo más sobre la mujer. Dijo que venía vestida como para un entierro.

7

A través del cristal trasero de un taxi veo cómo se alejan la fuente de los coyotes y el jardín Hidalgo. ¿Quién será la mujer que preguntó por mí? Quizá la misma que estuvo en casa de Félix. A lo que entendí, vino a buscarme durante la noche… y después de un funeral, o ¿acaso se preparaba para el mío?
Diablos, es inútil ignorar los intentos del chofer por entablar una conversación, ¿qué les está pasando a los taxistas? Espero mi expresión le deje claro mi pasión por el silencio. Bien, ahora necesito volver a concentrarme.
Todo debe relacionarse: la desaparición de Félix, las cartas, el contenido de la caja fuerte, las balas, las personas de la fotografía, la amenaza… y yo. La dama de las zapatillas rojas podría ser Elisa, o la mujer de la fotografía, o la de las cartas, o todas… o ninguna. El miedo me invade, la paranoia distorsiona el pensamiento. La imaginación difumina la realidad, los sonidos se convierten en amenazas. La sospecha contamina las acciones.
El taxi se está deteniendo frente a la puerta del periódico. Paula está esperándome.

—¿Pasa algo?

—¡Por Dios! Debiste haber llegado hace más de una hora.

De nuevo sus palabras resuenan con discreta preocupación que se esfuerza por hacerse pasar por un regaño.

—Fue por el tráfico.

—Por favor, al menos ten la decencia de sincerarte conmigo. No sé, pero de un tiempo a acá algo extraño pasa contigo Reni.

Mi silencio acentúa su decepción, pero no tengo por qué satisfacer expectativas ajenas.

—¿Estás en algún embrollo?

—Sí, digo… no.

Me doy cuenta que Paula me tiene leal afecto y aunque ella no pueda entender mi predicamento, aprecio que se preocupe por mí.

—Reni, el gerente de recursos humanos, Osvaldo, quiere verte. Sinceramente no sé si salgas de esta. Te deseo suerte.

—Gracias Paula.

Otra vez de vuelta al elevador, y ahora para ir a ver al tipo ese, Ubaldo, Oswaldo o como se llame.

Aquí es. La puerta está abierta. Solo le veo la espalda. Voltea hacia su librero consultando unos tomos.

Algún día me gustaría tener un mueble como ese; lleno de libros. No sé cuáles, pero si es que sigo aquí… en este planeta, en el cielo o en el infierno, me gustaría tenerlo.

Aún no se da cuenta de mi presencia observadora. Tal parece sigo manteniendo mi invisibilidad. Viéndolo bien es bastante gordo, como el otro hombre de la foto. Maldito. Si tuviera un jarrón se lo reventaría en la cabeza. Hay algo patético en su pesada estampa; su constitución encorvada y su cabeza que se apoya en un cuello casi inexistente. Dejó un libro, ahora se da la vuelta. No es la persona de la foto.

Me advierte con ojos impersonales; objetivos y distantes, sin muestras de alguna emoción. Se incorpora con agresividad hacia delante y haciendo un ademán me invita a pasar.

—Entra Reni, siéntate, no nos tomará mucho tiempo.

Su arrogancia da por supuesto que, si bien este no es mi último día en la tierra, sí lo es en esta oficina. Mi posible justificación, adolece de un argumento que me salve.

—Voy a ser enormemente sincero contigo Reni. Ambos sabemos que obtuviste este empleo por una recomendación impuesta, por así decirlo. Tú y yo, nos hemos entendido pocas veces. Yo nunca hubiera contratado una persona con un pasado como el tuyo. No es que estuviera esperando este momento, pero tus retardos, inasistencias y la baja eficiencia de tu trabajo, desacreditan injustamente, mi habilidad para la contratación del personal laboral. En consecuencia… ya no podrás trabajar aquí.

No suelo reservar mis juicios para mis adentros, y este hombre confirma que los modales no se reparten en un juego de cartas, pero ponerme a discutir de educación con este tipo sería perder algo más que la dignidad. No tengo porqué soportar a este pesado incurable.

—Si eso es todo lo que me tiene que decir, entonces me retiro.

Ahora ya no tengo trabajo, pero… qué más da; según la advertencia en siete días dejaré este mundo. Por lo pronto hay que vaciar mi casillero.

—Hola Paula y… hasta luego.

—El despido era inevitable, ¿no?

—Supongo, yo solamente me limité a escucharle.

—¿Y ahora?... ¿Qué vas a hacer Reni?

—Eso… todavía no lo sé.

—Si te sirve, tengo un primo que trabaja en un bar. El sueldo no es gran cosa, pero se gana bien con las propinas. Pudiera recomendarte.

—Te lo agradezco, pero no sé si podría conservarlo

mucho tiempo. Por lo pronto me llevaré mis cosas, ¿Tienes una caja a mano?

—Aquí tienes, creo que con esta bastará.

Expedientes, notas, cuadernos, nada de esto me servirá ya, a la basura. Unas monedas extraviadas, unas gafas de sol aplastadas, un esmalte negro para uñas, un libro de Jorge Luis Borges, un papelito con los números 6810 escritos y unos sobres de correo vacíos. El nombre del destinatario es Ester Pine y su dirección es la de aquí, la del periódico. El apellido está en inglés... su traducción al español sería como Ester Pino. Fueron enviadas por una tal Daniela Ramos desde la penitenciaria de mujeres. El sello postal es de hace dos meses.

—Paula, ¿Sabes si una persona de nombre Ester Pine trabaja aquí?

—Nunca había escuchado ese nombre.

—Quizá sea empleada y no la conoces.

—Reni, llevo treinta y cinco años trabajando en este lugar y te puedo asegurar que no hay, ni ha habido una empleada con ese nombre. Cada día hago el aseo de todas las oficinas. Conozco todos los nombres del personal y no nada más eso. Claro, yo nunca he sacado ventaja.

La personalidad de esta señora se materializa en una rectitud imposible de igualar. Yo ya hubiera obtenido una buena suma por enmudecer pecados ajenos, aunque quizá por eso mismo mi vida ahora tiene fecha de caducidad. Eso... todavía no lo sé.

—Qué extraño...

—¿Por qué lo preguntas Reni?

—No tiene mucha importancia, encontré una correspondencia dirigida a ese nombre con la dirección del periódico.

—Debe ser un error del correo.

—Puede ser. ¿Y el nombre de Daniela Ramos te dice algo?

—Hay una niña de nombre Daniela, trabaja en informática, pero su apellido es Contreras.

—¿Lleva mucho trabajando aquí?

—Unos cinco años.

—Muy bien Paula, te lo agradezco.

No me queda duda; Paula no ignora nada de lo que sucede en este lugar, es los ojos de la empresa. Y seguramente ha de estar al tanto hasta de los pesares secretos de algunos individuos, pero su silencio sería algo difícil de roer. Nunca dirá lo que sabe. Tomaré su palabra por sentada y añadiré los nombres de Ester y Daniela a la lista de personajes de esta novela.

Bueno, mi estancia en este lugar ha terminado. Solo puedo rivalizar su frivolidad hostil con mi auténtico desprecio. Y por supuesto, no más tolerancia a usar sus elevadores.

8

Por fin libre de este edificio. No, gracias. No quiero comprarle nada señor, y menos flores. No tendría a quien darlas... aunque podrían usarlas en mi funeral. Me sienta bien el aire fresco. Tengo ánimos de caminar a mi departamento.
No estoy a disgusto por haber perdido mi empleo, por el contrario, siento un inesperado alivio. En lugar de preocuparme por el futuro, mi mente se distrae con pensamientos sobre las personas que rodearon mi vida laboral. Me pregunto si Julia sospechaba algo sobre las fantasías de Félix; quizás no, ya que parece ser solo una joven atractiva sin mucha experiencia en el ámbito profesional.
Paula, por otro lado, probablemente estaba al tanto de los rumores y secretos de Félix. Ella es inteligente, pero carece de encanto. Aun así, sé que la extrañaré un poco, ya que su astucia y actitud sagaz siempre me llamaron la atención.
Osvaldo es otro caso. Siempre fue arrogante y grosero. Aunque entiendo que solo estaba cumpliendo con su trabajo, no puedo evitar sentir cierto resentimiento hacia él. Ojalá obtenga lo que merece, en esta vida o en la siguiente. Martita es otra persona que despierta sentimientos negativos en mí. Su amargura se reflejaba en cada interacción que tuvimos, y pensar en ella me revuelve el estómago. Y hablando de eso, tengo hambre y me antojan

unos molletes de Sanborns. Fue un espectacular en la calle lo que despertó este antojo. Me sorprende la cantidad de sucursales que han abierto, incluso más que tiendas de barrio en la ciudad.

Al divisar un Sanborns a la distancia, decido que es el lugar perfecto para saciar mi antojo.

9

Mientras espero mi cena, sería conveniente reflexionar sobre los acontecimientos recientes y las personas que podrían estar involucradas en el misterio que me rodea. Me pregunto, por qué habiendo tantas vidas me habrá tocado una tan anómala. Y digo así porque yo no la escogí, quizá mi personalidad anterior. Probablemente. Yo sólo puedo ver el polvo discrepante de su pasado contra mi presente. Mi entusiasmo por vivir su vida es insignificante, pero no voy a negar que la advertencia de la foto absorbe mi interés. Siento curiosidad y miedo proporcionalmente. No sé quién soy, pero no por eso quiero morir.

La lista de nombres me intriga y me confunde al mismo tiempo:

Elisa: No tengo pistas sobre ella, pero tiene una conexión en todo esto, Félix la buscaba.

Ester Pine: Otra persona que desconozco, pero su nombre apareció en mi casillero, al igual que el de Daniela Ramos. Ellas dos parecen estar relacionadas, se enviaban correspondencia desde la penitenciaría.

Las demás son solo iniciales. No tengo ninguna contraofensiva para compensar la austeridad que me indican estas letras:

F: La letra F seguro es de Félix de la Garza. Félix es central en todo este asunto. Sus acciones, fantasías y su relación con otras personas parecen estar conectadas a este enigma.

Me pregunto si él tiene un motivo oculto detrás de todo esto.

R: Quizás se refiera a mí, aunque no tengo certeza absoluta. Mi propio papel en este misterio es ambiguo, y me preocupa qué secretos pueda esconder mi propia identidad.

V: Un enigma. No tengo información sobre quién podría ser esta persona

J: Pudiera se Julia. Ella parece ajena a todo esto, una mujer guapa que tal vez no tenga conocimiento de las acciones de Félix. Pero eso… todavía no lo sé.

F R V J E E D: quizá sean las iniciales de algo, o un anagrama. Pero, el resultado no me dice nada. Se pudieran formar palabras como: verde, jefe, edre, free, ver, red…

Por lo pronto los sobres que encontré en mi casillero podrían decir mucho más sobre mi vida. Mi mayor pista apunta hacia la penitenciaría.

Por fin. ha llegado mi cena.

10

Creo que la cena me cayó de peso, siento náuseas y ardor estomacal. Malditos escalones, por esta ocasión debí haber tomado el elevador. Lo bueno es que solo son tres pisos. Pinches meseras seguro le echaron algo a la comida por haberme burlado de su uniforme. Pero no lo pude evitar, se veían tan ridículas…
Por fin en casa. ¿Qué pasa con mi llave?, entra, pero no da vuelta. ¿Será la equivocada?... no, no, no… siempre uso esta.

—¿Qué hace?... oiga, le hice una pregunta.
—¿Me habla a mí?
—¿Y a quién más?
—Trato de entrar a mi departamento, ¿qué más voy a hacer?
—Pero este es el mío.
—Claro que no.
—Usted vive enfrente, en el trescientos uno.
—Yo vivo en el trescientos tres.
—No sé qué se fumó, pero si no se va voy a llamar a la policía.
—No me empuje.
—¿Qué pasa Alberto?
—Que esta persona se quiere meter en nuestro departamento.

—No, yo vivo aquí.

—Mire, no sé qué pretende, pero su departamento es el trescientos uno. Mejor métete cariño, esta persona está demente.

Un momento... es verdad. Mi llave coincide con la cerradura del trescientos uno, como si todo estuviera en su lugar, pero una inquietud me recorre. Creo que en realidad me he equivocado. Pero juraría que en la mañana salí del departamento de enfrente... En fin.

El día ha sido extenuante, colmado de sorpresas y situaciones que empujan los límites de mi cordura. Lo único que anhelo ahora es una ducha caliente, pero antes, una cerveza y un buen libro para aplacar los nervios.

Disfruto el primer sorbo, permitiendo que el líquido refrescante me infunda una momentánea tranquilidad, mientras medito sobre un pasaje de Allan Poe:

"Ahora viene la dificultad. Me creeréis loco. Los locos nada saben de cosa alguna. Pero si me hubieseis visto, si hubierais visto con qué sabiduría procedí, con qué precaución, con qué cautela, con qué disimulo puse manos a la obra..."

"El corazón delator" es, sin lugar a dudas, uno de mis preferidos en la serie de Poe dedicada a las supersticiones populares. En este caso, el autor se basa en la creencia en el mal de ojo, común en muchas culturas, lo que dificulta identificar la fuente exacta que utilizó.

Las palabras del narrador no dejan lugar a dudas sobre su

locura. No obstante, el autor se esfuerza meticulosamente por no responder cuánto de lo narrado es alucinación y cuánto es real. ¿Había perdido el protagonista la cordura antes de imaginar que el viejo le había echado un mal de ojo... o fue un auténtico mal de ojo lo que lo llevó a enloquecer? Con el paso de los años, muchos lectores han llegado a suponer que lo que el asesino escucha es su propio corazón.

A veces pienso que desde que desperté me encuentro en uno de los relatos de este autor y alguien más narra mi vida para que sea leída.

Después de disfrutar de mi cerveza y reflexionar sobre el libro, decido relajarme aún más. Dejo el libro sobre la mesa y me levanto del sofá, dirigiéndome hacia la ventana para contemplar el paisaje urbano que se difumina bajo la luz artificial de la noche. Observo el ir y venir de las luces de los automóviles en la calle, como pequeños destellos que danzan en la oscuridad.

En la repisa del fondo descubro un tornamesa para discos de vinilo y una colección de música clásica. Esta revelación sobre mis gustos musicales añade un nuevo matiz a lo que sé de mi persona. Selecciono con curiosidad uno de los discos de vinilo y dejo caer con suavidad la aguja sobre el disco y cierro los ojos mientras las primeras notas llenan la habitación.

La música clásica inunda el espacio con su elegancia intemporal, se convierte en mi compañera de meditación, en el hilo conductor que une mi presente con el pasado y me transporta a un estado de contemplación tranquila. Las notas suaves y fluidas se entrelazan con los sonidos de la ciudad que se despierta a la noche.

Después de unos minutos decido que ya es tiempo de entrar a la ducha. Me dirijo a la recámara, enciendo el televisor para escuchar voces en el ambiente y ahuyentar la soledad. Me quito la ropa sin orden alguno y la arrojo sobre la cama. Ahora al agua.

Entro al baño, y el grito se ahoga en mi garganta. Mis piernas se vuelven gelatina, la realidad se derrumba a mi alrededor. En la bañera, flotando en el agua teñida de un rojo oscuro, yace un cadáver.

11

Es un hombre. El horror inunda cada fibra de mi ser.

Los latidos de mi corazón se aceleran como en el cuento de Poe, y el aire se me escapa, dejándome con la sensación como cuando entro en algún elevador. Creo que voy a vomitar. Mi mente se tambalea al borde del abismo.

Bien, Reni, cálmate. El pánico no soluciona nada. Necesito acercarme, descubrir de quién se trata. Lo examino con cautela, tratando de ignorar la presencia de muerte que llena el baño. Vuelvo el cuerpo para ver su rostro, y la revelación me golpea como un rayo: es uno de los hombres de la foto, es… ¡Félix!

El pánico se intensifica; alguien me está inculpando, orquestando una trampa para mí. Debo comunicarme con las autoridades. Voy a llamar ahora mismo.

—Novecientos once, ¿cuál es su emergencia?… hola, ¿hay alguien ahí?

Pero… ¿qué curso de acción estoy persiguiendo realmente?, ¿cómo interpretarán la presencia de este hombre aquí?, ¿y cómo podría justificarlo? Y si la policía decide investigar la residencia de Félix, ¿qué descubrirán?… mis huellas. Seguro levantarán sospechas.

La necesidad de deshacerme del cuerpo se vuelve urgente. No puedo sacarlo por la puerta; los vecinos lo notarían en un instante.

Mi mente trabaja a mil por hora, buscando una solución, un

escondite adecuado. Sé que el cuerpo se descompondrá, y el hedor revelará mi oscuro secreto.

Una idea macabra se me ocurre: esconderlo en la nevera. Pero no cabe, a menos que lo corte en pedazos.

Mis manos comienzan a temblar, enfrentando la cruel realidad de lo que tengo que hacer. ¿Soy capaz de continuar con este plan desesperado? La respuesta está en los ojos muertos de Félix, que me miran desde la bañera, juzgándome.

Las opciones para cortar el cuerpo de Félix son limitadas, pero posibles. Mis pensamientos son oscuros, pero debo enfrentar la realidad de esta situación por retorcida que sea. Un cuchillo tipo carnicero sería lo más conveniente; son grandes y afilados, diseñados para cortar carne con precisión. Voy a la cocina para buscar uno. Demonios, no tengo suerte; en cambio, encuentro cuchillos típicos de cocina, más pequeños y menos capaces de cortar huesos. Sin embargo, su filo podría ayudarme a rebanar la carne en trozos manejables.

Mis manos tiemblan al sostener el cuchillo. No sé si tengo la fortaleza para enfrentar esta atroz realidad, pero no tengo opción. La decisión pesa sobre mí como una roca, mientras el tiempo se agota. Debo actuar rápido si quiero evitar el destino que alguien ha planeado para mí.

Regreso al baño y me inclino hacia la bañera, donde Félix yace inmóvil. Su piel clara y su vello escaso parecen untados de aceite. Tengo que arrodillarme para maniobrar con más libertad. Apunto el cuchillo hacia sus brazos y comienzo a cortar. Cada tajo está lleno de brutalidad, un acto de horror del que no puedo escapar.

Las arterias se cortan con facilidad, pero el sonido al reventarse me eriza la piel. Los huesos son un obstáculo mayor, los de Félix son largos y duros, como los de un jugador de baloncesto. Creo que lo mejor será quebrarlos con un martillo. Vi uno debajo del fregadero de la cocina, voy por él.

Mis manos tiemblan, como si resistieran a la tarea que les he encomendado. Parece difícil, pero simplemente es golpear directamente sobre el hueso, eso es… así. Sin el tejido blando es como romper el cascarón de una nuez. Hasta el sonido es muy similar.

Ahora las piernas. Estas son más resistentes; cambio de cuchillo porque el primero se desafiló con rapidez. Retomo mi tarea y pronto agarro ritmo.

Por fin, he terminado con las extremidades.

Será mejor guardar todo en bolsas por separado, como si estuviera comprando carne en la carnicería. El tronco parece que podría caber completo dentro del congelador, pero debo retirar la cabeza primero. Al hacerlo, volteo el rostro para que Félix no me vea; sus ojos están hinchados, y me da la impresión de que podría despertarse en cualquier momento.

DÍA DOS

9 de agosto.

1

Un día más hacia mi muerte y aún no puedo recordar nada de mi pasado. Por lo menos esta mañana sé cuánto me queda de vida… Pienso en todas aquellas personas que sufren alguna enfermedad sin remedio y viven cada día en la conciencia de lo inmediato. El futuro les ha de parecer un recipiente sin fondo. Y a pensar de eso, hay gente que se estresa por cómo vestir a su perro. Quizá la nota de la foto fue puesta por un médico para advertirme sobre una enfermedad terminal. Pensándolo bien, el gordo tiene cara de cirujano. Y yo creyendo que es una amenaza de muerte… pero qué digo, si Félix está guardado en la nevera. La amenaza es tan real como eso. Debo pensar en qué lugar puedo deshacerme de sus restos.

Escucho algo... alguien bate a golpes mi puerta. Afuera, hay una patrulla de policía estacionada enfrente de mi edificio. ¿Me habrá visto algún vecino? No, imposible. Entonces... ¿qué hace aquí?

Con una mezcla de incertidumbre y fatalidad, abro la puerta. Una mujer con uniforme de policía, de ceño fruncido y ojos agudos, me observa.

—Buenas tardes, busco a Reni Tepes.

Reconozco la sombra amarga que se desliza sobre su rostro; no es una visita de cortesía.

—Sí, soy yo.

—Detective Lorena Ramírez.

Se presenta, mostrando su placa rápidamente.

—Me gustaría hacerle unas preguntas sobre uno de sus compañeros de trabajo: Félix de la Garza.

El nombre de Félix me apuñala como una daga helada en el pecho. Un sudor frío me recorre la espalda mientras mis pensamientos se arremolinan en un torbellino de temor. ¿Sabe la detective lo que he hecho?... Demonios, debí tirar el cuerpo durante la madrugada.

—Sí, ¿qué hay con él? —pregunto, con una voz más tranquila de lo que me siento.

—Ha desaparecido.

Mi mente recorre posibilidades mientras trato de mantener una expresión neutral. La noticia no debería sorprenderme, pero mi interior está al borde de un abismo de pánico.

—¡Oh!, con razón no fue a trabajar el día de ayer. Pero yo, ¿en qué puedo cooperar?

—Estamos entrevistando a todos sus conocidos en

busca de una pista que nos explique algo sobre su paradero. Dígame por favor cuál era su relación con el señor Félix de la Garza.

Esta conversación con la policía me resulta muy arriesgada y trepidante; hará preguntas sobre mi persona en las que ni yo podría saber si digo la verdad. En estos momentos no sé qué hacer… Intentaré contestar con evasivas.

—La misma que la de todos los empleados que trabajamos en el periódico.

La detective no parece satisfecha con mi respuesta.

—Que trabajaba… estamos al tanto que la han despedido. Por cierto, ¿me permite pasar? No es conveniente para mi investigación que nos escuchen los vecinos, veo que están muy al pendiente.

Puedo sentir sus ojos perforándome, buscando señales de culpabilidad.

—En verdad no tengo tiempo, voy de salida.

—Seré breve. ¿O gusta que la citemos en la delegación?

No tengo otra opción. Asiento con un murmullo de resignación.

—Si es solo un momento… pase.

La detective se adentra en mi casa con un aire de autoridad, y me doy cuenta de que está cerca de descubrir algo terrible. Si echa un vistazo al cuarto de baño, se dará cuenta de todo. No he tenido tiempo de limpiar, de ocultar las manchas de sangre en las paredes, la cortina salpicada, el martillo y los cuchillos aún ensangrentados.

—¿Nos podría decir cómo es que una persona del puesto del occiso tenía registrado su número personal?

—Cuestiones de trabajo.

—Eso sería inusual.

—¿Usted piensa que los subalternos debemos mezclarnos únicamente con los de nuestra clase?, ¿que debemos mantener nuestras aspiraciones en un margen de austeridad?

—Son sus palabras, yo no he dicho tal cosa.

—No hace falta que las diga.

—¿La fecha del veinticinco de julio le dice algo?

—No, ¿y a usted?

—Sí, y mucho. El señor de la Garza tenía marcada esa fecha en su calendario con una nota: Llamar a Reni a las 16:00 horas… ¿Le sigue sin decir nada? Tenemos registrado que usted recibió esa llamada.

—Recuerdo con vaguedad ese día, seguramente sería para una cuestión del trabajo.

—¿En día domingo?

Hasta este momento, los propósitos de mis palabras se han revertido en diversas contradicciones, pero qué importa si no han consumado el efecto que deseaba, lo importante es pasar a la siguiente pregunta y terminar con esto.

—Para el señor Félix no existían los fines de semana ni días festivos.

—Entiendo… ¿reconoce este brazalete?

Es una serpiente en círculo que devora su propia cola: ¡El Uróboros!

—No, nunca lo había visto.

—Ayer por la noche se registró una llamada al número de emergencias desde su celular.

—Debí haber marcado por error. Tengo una aplicación para llamar a números de emergencia con presionar solo un botón.

—Entiendo. Una cosa más, parece que su refrigerador está descompuesto. Está chorreando un líquido marrón.

¡Rápido Reni, piensa en algo!

—Ha, sí. Eso es sangre.

—¿Sangre ha dicho?

—Sí, verá: un conocido compró una cabeza de res y no sabía cómo prepararla y me ofrecí para ayudarle. Se ha de haber roto la bolsa, pero... no habrá pensado que era sangre humana, ¿o sí? Si gusta puede comprobarlo usted misma.

Espero que mi explicación suene convincente.

—Lo haré, solo por rutina de mi investigación.

Mis nervios se tensan mientras observo cómo se acerca al refrigerador. Ahora sí, ya me descubrió. ¿Qué hago? ¡Ya sé!, puedo golpearla en la cabeza con este cenicero, es bastante grande para romperle el cráneo. Se acerca. ¡Ya abrió la puerta! Me acerco para cualquier cosa, pero...

—Vaya, vaya. Pero si aquí no hay nada. Solo un charco de sangre.

Me detengo justo a tiempo, sintiendo un alivio momentáneo de que no haya descubierto nada sospechoso. Intento explicar la ausencia de la cabeza de res con una excusa improvisada.

—¿Nada?... sí es que ha de haber venido por ella, cuando estaba en la ducha. Le urgía para un evento de hoy por la mañana.

La detective me mira con escepticismo y hace una anotación en su libreta.

—Entró como si nada a su casa y ni le avisó que se la llevaba.

Otra vez estoy en problemas. Tengo que seguir la historia para no levantar más sospechas.

—Es mi antiguo compañero de cuarto, aún tiene la llave y yo cierro la puerta del cuarto cuando me baño. Sería inútil avisarme.

La detective parece considerar mi respuesta, aunque no muestra si me cree o no. Finalmente, cierra su libreta.

—Eso será todo por el momento, pero quédese en la ciudad, es posible que le visite de nuevo.

La puerta se cierra con un golpe seco tras la salida de la detective, y me paralizo, sintiendo cómo el peligro acaba de pasar por mi casa, pero también con la certeza de que podría regresar. Me desplomo contra la pared, en agotamiento por el miedo y la tensión de la situación. Mi mente se enreda en un torbellino de preguntas y suposiciones. Necesito un momento para entender lo que ha pasado aquí.

¿Cómo es posible que los restos de Félix hayan desaparecido? Recuerdo que dejé todo preparado para deshacerme del cuerpo más tarde. Una sensación de incredulidad y temor me invade al pensar que alguien entró a mi casa durante la madrugada, manipuló la escena del crimen y se llevó los pedazos de Félix sin que yo me diera cuenta. ¿cómo puedo asegurarme de que no me estén vigilando?

Primero que nada, es indudable que hay alguien implicado en un asunto grave y se esmera en difuminar cualquier aire de sospechas. Por algo Félix tenía cierta evidencia bajo custodia, y ahora… bueno, le han quitado de en medio. Sin duda yo había estrechado con él alguna proximidad en el asunto, por eso tenía mi número. Me pregunto por qué Félix no dio parte a las autoridades… quizá no tuvo oportunidad.

Necesito saber si la persona que dejó la foto en mi departamento es la misma que mató a Félix o es alguien que sabe de sus propósitos y de buena fe me ha otorgado una advertencia. ¿Será posible que sea el verdadero asesino? ¿O alguien que busca incriminarme por razones que no comprendo? Lo cierto es que me conoce en lo trascendental y su presencia puede estar ante mi propia nariz. Quizás esta persona quiere enloquecerme, hacerme perder la razón y la confianza en mis propios recuerdos. Su secretismo se nutre de la disminución auténtica de mi capacidad para recordar y está consciente de ello. Sí, ahora comprendo que las palabras de la foto significan mucho más que una amenaza, se trata de una especie de reto o juego. Debo ser más suspicaz, no puedo confiar en nadie… ni siquiera en mí.

Si mi memoria no quiere revivir lo que ha decidido olvidar, será necesario investigar primero más de mi vida. Es posible que en mi antiguo trabajo encuentre un incentivo para esta ausencia súbita de recuerdos.

Pero primero necesito deshacerme de todo rastro, si la

detective regresa con una orden y descubre el baño lleno de sangre y evidencia, mi coartada no servirá de nada.

2

Sigo pensando en Félix. Justo cuando creía que no podía empeorar, la muerte se acerca con desenfreno desde un ángulo imprevisto. En el abismo de mi desesperación, los designios de la fatalidad se manifiestan, recordándome que aún hay profundidades inexploradas por las que debo transitar.

Aquí es donde ejercía mi anterior empleo. Antes de preguntar primero me informaré más sobre la compañía con este folleto informativo.

La empresa se dedica a la fabricación de cajas de seguridad, lo cual es interesante, ya que involucra mucho más que simplemente crear objetos metálicos. La seguridad es un negocio que exige precisión, sigilo y discreción, además de un conocimiento profundo de los mecanismos de cierre.

A medida que estudio el folleto, también me doy cuenta de que la compañía ofrece servicios de mantenimiento para las cajas fuertes que fabrica. Esto implica que, en mi antiguo trabajo, tal vez también tuve entrenamiento para reparar y mantener estos dispositivos, lo que explicaría por qué tengo ciertas habilidades técnicas y mecánicas.

El último aspecto que destaca en el folleto es el peculiar servicio que la empresa brinda para abrir cajas fuertes cuyos propietarios han olvidado la combinación. Este tipo de servicio es muy especializado y requiere de alguien con habilidades precisas y un conocimiento profundo de cómo funcionan las cajas fuertes. Parece que una parte significativa de mi anterior trabajo involucraba abrir cajas fuertes, un trabajo que sin duda requiere agudeza mental y nervios de acero.

A medida que absorbo esta información, empiezo a tener una idea más clara de por qué tengo una afinidad natural para abrir cajas fuertes. Mi antiguo empleo me ha dejado con estas habilidades, pero al mismo tiempo, me pregunto si hay algo más en juego. ¿Acaso mi habilidad para abrir cajas fuertes me ha metido en problemas que ni siquiera recuerdo?

Es hora de dejar de lado el folleto y poner en marcha mi plan de descubrir qué está sucediendo. Tengo preguntas sin respuesta y un misterio que resolver. Mis habilidades podrían ser clave para descubrir la verdad sobre Félix, sobre mí y sobre lo que está ocurriendo en mi vida. Pero primero, necesito encontrar la manera de adentrarme en esta empresa sin llamar demasiado la atención.

—Buenos días, quería...

—Reni, ¿qué haces aquí?

La joven detrás del mostrador parece incómoda ante mi presencia, y su reacción me toma por sorpresa. Puedo sentir la hostilidad en su tono de voz y en su mirada acusadora. Se nota que está enojada conmigo, aunque no tengo idea de qué está hablando. Mi mente está más confundida que nunca.

—¿Me conoce?

—Después de lo que hiciste a Rafael, ¿te apareces

como si nada?

Mis recuerdos son difusos, pero sé que no he hecho nada recientemente para causar tanto enojo. Intento mantener la calma y buscar una salida pacífica a la situación.

—Discúlpeme, pero no sé de qué habla.

—No te hagas, por tu culpa la compañía casi desaparece y yo estuve a punto de perder mi empleo, voy a llamar a seguridad.

El clima tenso de la situación me deja claro que estoy a punto de perder el control. Decido que lo mejor es retirarme antes de que la joven cumpla su amenaza de llamar a seguridad. No necesito más problemas en mi vida en este momento.

Será mejor irme antes de que me echen. Doy un paso atrás y me alejo del mostrador.

—Lo siento si le he causado molestias.

Salgo del edificio, con más incomodidad y ansiedad por lo que acaba de ocurrir. No dudo que la joven tiene motivos válidos para estar molesta, pero me faltan piezas cruciales del rompecabezas.

Pienso en mi próxima visita a la penitenciaría, espero me brinde claridad en medio de tanta confusión. Debo investigar más sobre los nombres que aparecen en las cartas que encontré en mi casillero: Daniela Ramos y Ester Pine. Quizás en ellos pueda encontrar respuestas sobre lo que está ocurriendo, y mi implicación en este enredo oscuro.

A medida que camino, trato de sacudirme el encuentro incómodo y me enfoco en lo que debo hacer a continuación. Mis pasos son rápidos y decididos mientras me alejo de la oficina, sintiendo que cada paso me acerca a la verdad, aunque también me sumerge más en el misterio.

3

Esta es la penitenciaría desde donde mandaron las cartas al periódico. Espero que al verme no me quieran invitar a permanecer.

—Buenas tardes.

—Al grano, ¿qué quiere?

¿A dónde ha ido a parar la educación de las personas?

—Vengo a visitar a una reclusa.

—¿Nombre de la interna?

—Daniela Ramos.

—Présteme su credencial.

—¿Credencial?

—¿Pues qué creía?

—No cuento con una.

—Sin la credencial de visitante no puede pasar. ¿Quién sigue?

Conseguir el dichoso documento podría llevar días, y los tengo contados.

—Hey... hey...

—¿A mí?

—Sí, venga.

Parece que me habla un trabajador de intendencia.

—Yo conozco a la persona que busca. Daniela hacía sus labores de servicio en nuestro departamento, pero ya no está con nosotros.

—¿Se refiere a que le han dejado en libertad o a que partió de este mundo?

—A que ya cumplió su sentencia. Salió hace un poco más de una semana.

—Entiendo. Le agradezco el gesto.

—Espérese, no se vaya. Si tiene una lana le puedo ayudar.

—¿Se supone que debo pagarle algo?

—Si quiere saber su dirección... sí.

Indudablemente a los conserjes no se les escapa nada.

—¿Y cómo es que sabe tal cosa?

—No la sé, pero aquí todo se consigue si se habla en el lenguaje correcto... usted sabe a lo que me refiero.

—¿Y de cuánto estamos hablando?

—Unos... cinco mil pesos.

—¿Por una simple dirección?

—Por darle su mochada al jefe de guardia, al de informática y mi comisión.

—Les doy tres mil pesos.

—Chale... Mmm... si me da tres mil quinientos la tiene mañana por la mañana.

—De acuerdo. Este es mi número, llámeme en cuanto la tenga.

Parece que tendré que esperar para poder saber más acerca de estos sobres. Por lo pronto se me ocurre comparar las caligrafías que he conseguido contra la de la amenaza de la foto. Si una coincide, sabré quién ha puesto la foto en mi departamento. Me sentaré en esta banca mientras el sol se oculta tras una densa capa de nubes.

A ver… tengo las cartas que V le mandó a Félix, el recado que Félix escribió sobre Elisa y la caligrafía de los sobres que supongo es de Daniela Ramos ya que es quien aparece en el remitente. ¿Cómo no se me ocurrió esto antes?...

El recado sobre Elisa que Félix escribió es claramente diferente, al igual que las cartas de V. Las cartas de Daniela Ramos, aunque intrigantes, no me proporcionan ninguna pista clara. Su escritura es distintiva, con una elegancia que contrasta con la escritura de la foto. No parece tener relación directa, al menos no en su apariencia.

Todo apunta ahora a Ester Pine. Su caligrafía es la única que falta por analizar, por ahora, y podría ser la pieza final de este rompecabezas. Ester Pine se convierte en mi principal sospechosa, aunque no tengo ninguna prueba sólida para sostener esta teoría.

4

El sujeto de la penitenciaría llamará hasta mañana, ¿qué más puedo hacer sino limpiar las manchas de sangre de Félix y esperar dentro de este departamento?
¿Qué se ocultará en el contenido de las cartas que engordaban esos misteriosos sobres?, ¿y cómo llegaron a mi casillero? Debo reconocer la posibilidad de que no todo lo que encontré dentro es de mi posesión, alguien los pudo dejar ahí para mí, como la fotografía o el cuerpo de Félix en este departamento. Según mis conclusiones, no llevo mucho tiempo trabajando en el periódico y algunos objetos pudieran pertenecer a la persona que anteriormente ejercía mi puesto. Ester Pine... Elisa... ¿Serán la misma persona?
Y si Daniela Ramos ha quedado en libertad, bien pudiera ser la mujer de las zapatillas rojas. Eso... todavía no lo sé.
Ahora recuerdo que la policía mencionó que recibí una llamada de Félix el veinticinco de julio... debe haber quedado registro de esto. Lo hay, y también un mensaje del mismo número: Calle de los cipreses #240.
Debo ir ahí.

5

Esta es la dirección que venía escrita en el mensaje que recibí de Félix en mi celular el veinticinco de julio. Corresponde con una residencia.

El sol de mediodía, implacable, esculpe una realidad distorsionada. El tiempo se detiene, las sombras se retiran y el aire brilla con una tranquilidad inquietante. Las gotas de sudor surcan mi rostro, se adentran en mis ojos, testigos silenciosos del calor agobiante que envuelve mi ser. Es un momento suspendido entre lo ordinario y lo extraordinario, donde la vulnerabilidad y la revelación se entrelazan, donde se conjura el porvenir de mi muerte, si lograré salvarme de ella o no... Eso todavía no lo sé.

La intensa luz me obliga a entrecerrar los ojos mientras intento enfocar mi visión hacia el objetivo frente a mí: dos plantas imponentes y una extensión de terreno que ocupa la mitad de la manzana. ¿Qué clase de personas habitarán en su interior? ¿Serán los artífices de mi futuro, de mi muerte, o mis salvadores en este laberinto de sombras?

Me es difícil discernir cuáles de las personas de mi lista están realmente involucradas en esto, quizá solo sean una colección de vaguedades y dije la verdad y solo se trate de un asunto de trabajo de aquel día.

De repente, un auto llega a la residencia, rompiendo el silencio con el sonido de su motor. Mi corazón late con fuerza al reconocer el distintivo vehículo de la detective. Una mujer, apenas distinguible por la distancia, sale a recibirla y la invita a pasar al interior. Mi respiración se acelera, pero me obligo a mantener la calma.

Este encuentro podría ser crucial para desentrañar las conexiones ocultas en este laberinto de incertidumbre. ¿Qué tendrá que ver la detective con esa señora? ¿Será Elisa, V, Ester o Daniela?

Mi presencia aquí también representa un peligro, ya que, si me ven, podría entrar a la lista sospechosos. Me alejo con cautela, prometiéndome volver después para observar con más detenimiento, pero esta vez necesito un auto que me proporcione una mayor movilidad y discreción.

Mi móvil suena, es un número desconocido... creo saber de quién se trata.

  —Diga.
  —Soy yo, el conserje de la penitenciaría.
  —Sí, estaba esperando su llamada.
  —Ya conseguí lo que buscaba.
  —¿Dónde quiere hacer el intercambio?
  —Atrás de la correccional hay un parque. Mañana a las siete cuarenta de la mañana le espero en una banca.
  —Ahí estaré.
  —Sea puntual porque a las ocho ya debo traer el trapeador en mano, y lleve el efectivo.

DÍA TRES

1

10 de agosto.

He salpicado la página con una gota de café. Hoy me encuentro a cinco días de que esta mancha se pudiera transformar de un tenue y aromático marrón, a la marca indeleble del chorro de sangre que borbotea desde la aorta de un cándido transeúnte llamado Reni, demasiado absorto en el libro que posa entre sus manos para descubrir que su asesino se aproxima por detrás.

"Sin mayor modificación al estado natural de la conciencia, el ser humano suele prestar atención a ciertas cuestiones e ignorar otras. Pero como una carta que llega a tiempo, cuando nuestro estado consciente es alterado con ferocidad por una situación amenazante, la mente percibe más claro y profundo el conocimiento de nuestro entorno. En este intenso estado de expectativa tenemos la capacidad de controlar la atención."

Fragmento del libro: "La modificación de la conciencia para la observación", de Jack Tanner. Curioso ejemplar encontré en mis pertenencias. He leído este fragmento una y otra vez y presiento que si me quedo cerca de él terminaré leyéndolo una vez más. Sus palabras me han dado una claridad limpia de los acontecimientos de ayer. Sin duda, mi juicio debe ajustarse a la óptima facultad de pensar de este texto. Debo vigilar a todos y a todo.

Miro el reloj y me doy cuenta de que es hora de moverme. Las siete y media, se me ha pasado el tiempo en la lectura. Si quiero llegar a tiempo, debo apresurarme. Espero que el conserje no se haya ido. En marcha, debo tomar un taxi.

2

Justo a tiempo, ahí está todavía el conserje, dispuesto bajo la sombra de un árbol. En cuanto nota mi presencia se pone sin demora en pie. Su rostro refleja una honesta hostilidad.

—¡Pensé que ya no llegaría! Por su culpa tendré retardo en el trabajo.

—No haga escándalo y arreglémonos de una vez.

—En este sobre está la dirección.

—Déjeme ver: Calle de los cipreses #240, colinas del bosque.

¡Es la dirección a la que fui ayer!

—¿Ella vive ahí?

—Qué sé yo. Solo copié lo que vi en la pantalla de la computadora. Ahora la plata.

—Aquí tiene su dinero. Puede contarlo.

—A ver… uno, dos, tres… sí, está completo. ¿Y de donde conoce a la señorita Daniela?

—No la conozco. Pero tengo intenciones de hacerlo.

—¡Chale!…

Veo que no puede disimular su sorpresa.

—¿Hay algo que debería saber?

—Mire… no me gusta involucrarme en asuntos que no sean los míos, pero solo porque la señorita Daniela me la hizo y todavía me la debe, le voy a dar un consejo: no haga negocios con ella, es una perra tramposa.

Pese a la escasa identidad de su cargo, este sujeto me puede ser más útil de lo que esperaba.

—Debería usted hacer el favor completo y explicarse mejor.

—Daniela es el tipo de persona que no busca problemas porque ella misma es un problema. Y en un lugar como en donde trabajo eso puede tener un valor. En cuanto llegó, los muchachos y yo le detectamos y le ofrecimos trabajar para nosotros.

—Deduzco que en un trabajo sin el menor sentido de la decencia o vigilia moral.

—Mire su santidad, en las cárceles el cigarrillo es un tipo de moneda de cambio, se usa para pagar apuestas, comprar comida, tiempo de descanso y conseguir favores de cualquier tipo. El personal de cocina junto con el de limpieza, o sea nosotros, controlábamos el tráfico.

—Y Daniela se encargaba de cobrar a los individuos inaccesibles y difíciles.

—Ya entendió. Desde el principio supe que con Daniela perdería algo, pero también ganaría. La cosa fue mal para nosotros cuando se dio cuenta que podía quitarnos el negocio si hacía trato con los guardias.

—¿Y por qué no lo habían hecho ustedes?

—Pues porque no hacía falta. Los guardias ganaban bastante desde el exterior por mantener a algunas reclusas seguras. Los cigarrillos no eran un negocio para ellos. Además, primero tendríamos que quitar de en medio a las chicanas.

—¿Y qué despertó su frívolo apetito?

—La llegada del nuevo director.

—Alguien con verdadero sentido del compromiso de su cargo.

—No, no, no. Alguien con verdadero sentido de avaricia. El director se dio cuenta del jugoso negocio que se traían los guardias y se los quitó. Daniela de alguna manera lo vio venir y convenció a los guardias que los cigarrillos eran ahora su única mina de oro. El director le dio ese privilegio a cambio de su silencio.

—Vaya tipa, resultó ser digna representante de cualquier partido político.

—Ella y su cómplice, una tal... Serpiente.

Como el brazalete que me mostró la Detective.

—¿La conoce?, ¿aún está en el reclusorio?

—Nadie sabía quién era, su identidad era un auténtico misterio, pero con ella, Daniela controlaba la información interna, se enteraba de todo, hubo quien dijo que solo era un invento de Daniela para provocar temor.

—¿Y usted qué cree?

—Que era una persona de carne y hueso. Mire, dicen que a las dos se les había metido en la cabeza la idea de apoderarse de los negocios clandestinos de la prisión. Pero entonces todavía estaban bajo el control de las chicanas. Ellas controlaban todo, incluyendo en lo que participaban los guardias. Iban a tener que encargarse de Jacinta, la líder. Era una mujer grande y obesa. Muy agresiva y cruel, con su propio estilo de hacer lo que hacía, si usted me entiende.

Sus seguidoras eran un grupo de mujeres marcadas por el sufrimiento, la injusticia y la decepción. Su presencia les infundía seguridad, pero a menudo no les permitía olvidar que su posición en el grupo era de subalternas. La noche en que decidieron perpetuar su terrible acto, Serpiente esperó en su celda a que todas las luces se apagaran y llegara uno de los guardias, al que, con una buena tajada, le habían convencido de participar con ellas. Después de dejar abierto el cerrojo se retiró para seguir con su rondín. Enseguida fue a la celda donde dormía Jacinta e hizo lo mismo. Con sumo cuidado Serpiente se arrastró por el pasillo, moviéndose entre los diferentes fluidos y olores que se pueden esperar encontrar en los pisos de una penitenciaría. Cuando llegó a la celda de Jacinta, empujó la reja despacio, suavemente para no desprender un rechinido. La abertura fue lo bastante grande para que cupiera su cuerpo, y se arrastró en silencio, cual serpiente. De ese momento tomó su sobrenombre. Entonces sintió que por primera vez conocía su verdadera habilidad. Se incorporó furtivamente frente a ella y le observó sin prisa por un instante, podía escuchar su respiración. Entonces, le invadió la sensación de poder que sólo corresponde a la muerte. La vida de la reclusa que dormía dependía de una presencia imperceptible y decidida. Acercó su mano izquierda pacientemente hacia la boca de su víctima mientras que con la otra preparaba el cuchillo. Cuando Jacinta dio cuenta de su sorpresa, posó su mano en el brazo de la asesina queriendo interrumpirle. Pero Serpiente se aseguró que la última expresión de su víctima sólo contara la de una terrible impresión de terror. Y deslizó suavemente la hoja afilada sobre su garganta. Después, con el filo dejó dibujada la figura de una serpiente sobre el pecho de Jacinta. Aquellas imágenes que contaron sus ojos bastaron para infundir temor entre los presos. Enseguida se ocuparon del guardia; el único testigo que sabía la verdadera identidad de la asesina.

—Lo cuenta como si fuera una historia de terror, ¿Cómo es que sabe tales cosas?

—Eso es lo que dice la leyenda, aunque uno de los guardias sí vio algo. El día que terminaba su condena, unos dos meses antes que Daniela. Vio que ella se rasuró la nuca, pero dejando largo lo de más arriba. En un momento, justo antes de pasar la reja, recogió sus cabellos en presencia del guardia y dejó verse un tatuaje en forma de serpiente. Yo pienso que lo hizo de manera intencional, como para burlarse, ¿sí me entiende?

—¿El guardia reveló su identidad?

—Intentó chantajear a Daniela, pero le salió el tiro por la culata, amaneció muerto también… Bueno, pues ahora deme quinientos pesos, no crea que se lo platico nomás por buena onda.

—Usted está fuera de sus facultades.

—No es para mí, es para que el médico de la correccional me entregue un justificante; a esta hora ya no puedo ingresar al trabajo y no quiero que me descuenten el día.

— No haré tal cosa. Lo siento por usted y su conducta desequilibrada.

3

Morir en siete días es cansado, la vida y la muerte se entrelazan. En un delicado baile el tiempo se estira, los sentidos se agudizan, y poco a poco, mi existencia se difumina. Sobre todo, ya me duelen las piernas. Quizá es la forma del asesino de torturarme, mientras me espera en el séptimo día.

Subo y bajo las escaleras de este maldito edificio. Ya debería haberme acostumbrado. ¿Será este mi hogar? Quizá hace poco que vivo en este sitio… pero los vecinos me reconocieron. Por cierto, ya no los he visto, pero sé que están ahí. Cada vez que llego o salgo de mi departamento se mueven las cortinas. Me doy cuenta que la solidaridad no es algo que esté precisamente de moda en esta ciudad, o en ninguna que recuerde, está bien que no se metan en lo que no les importa, pero podrían estar matando en sus narices al mismísimo Mesías y no moverían un dedo. Sobre todo, la vieja fodonga del trescientos uno. Cuando vino a visitarme la policía vi cómo despertaba su tibia cara de cotidianidad por la ventana. Sus gafas de cristal grueso hacían crecer sus ojos como los de un sapo en apareamiento. Y ni siquiera fue para preguntarme si todo estaba bien. De seguro ha de pasar todo el día recostada en un sofá, rodeada de gatos y muchos cojines, tomando Nescafé instantáneo en una taza vieja de porcelana. Y cuando escucha que algo más interesante que sus telenovelas acontece en el exterior, interrumpe su solitaria vida.

El mundo parece haberse envuelto en un manto de penumbra mientras me preparo para adentrarme en lo desconocido. El reloj en la pared me recuerda que el tiempo corre en mi contra, cada tic-tac retumbando como el pulso de un corazón enloquecido. Necesito moverme deprisa.

Lo primero es asegurarme de tener un vehículo, algo que me permita moverme con libertad, escapar si es necesario. Pero, para eso, necesito dinero. La verdad es que la vida es cara, y la muerte también. Si fracaso, no quiero ser una persona olvidada en una fosa común, como un desecho más de esta vorágine sin alma. Quisiera al menos un adiós digno, una despedida apropiada para mi fin.

Mis pensamientos divagan, pero se retuercen alrededor de una pregunta sin respuesta: ¿Dónde podría esconder mi dinero, mi única oportunidad de supervivencia?

Los lugares típicos: el armario, las gavetas de la cocina, debajo de la cama... todos parecen demasiado obvios. No, necesito pensar con astucia, teniendo experiencias en cajas fuertes, con seguridad tendría una, pero no hay una a simple vista, debe estar disfrazada en un rincón donde nadie lo buscaría.

Mis ojos se posan en la cocina. Un aparato destaca entre los demás: el microondas. Me acerco con cautela, sintiendo una extraña intriga por su presencia. No tengo comida que pueda calentarse en él, ¿por qué está aquí? Decido investigar más a fondo. ¿A ver?... tenía razón. Pero la combinación es digital. No tengo idea de cómo abrir una de estas... Un momento, mi mente se ilumina cuando recuerdo un papelito que encontré en mi casillero. Cuatro números: 6810. Quizás sea la combinación para abrir el microondas. Mis dedos tiemblan mientras introduzco los dígitos, pero no pasa nada. Pruebo con diferentes órdenes, intentando descifrar el código en una danza frenética de números y frustración.

De pronto, se me ocurre una idea: quizá el papelito está al

revés y los números estén invertidos. Cambio el orden a 0186 y, con un clic suave, la puerta del microondas se abre. Un estremecimiento recorre mi espalda al ver el contenido: una bolsa de plástico llena de billetes, un tesoro inesperado. Siento un alivio, como si el destino me hubiera otorgado una gracia momentánea. Al menos, por ahora, no tendré que preocuparme por la muerte que se cierne sobre mí en siete días. Ahora debo conseguir un auto.

Mientras me dirijo al negocio de alquiler de autos pienso que con la información que he reunido cualquier invento de trama lograría ser una historia cierta. Estas pudieran ser unas opciones:
Daniela pudiera ser la mujer de la foto. Por consiguiente, conocía a Félix. De algún modo se hizo para descubrir el romance secreto que este mantenía con V. Y naturalmente intentó chantajearlo, pero Félix respondió con una amenaza mayor; regresarla a la penitenciaría. Sabemos que Daniela tiene innata capacidad para mezclarse con el crimen y no sació esta horrible tendencia hasta cometer el asesinato de Félix. No hace falta suponer que Félix confiaba en mí y trató de ponerme sobre aviso de la cita que tendría con la oscura dama. Sabiendo de la peligrosidad de esta mujer, él sin duda intuía una fatalidad.
También podría decirse que la mujer de la foto es aquella de identidad escasa, a la que todos en la penitenciaria se referían como Serpiente. Daniela había sido amante de Félix, del que ya sabemos su poder de seducción, y durante su estancia en la penitenciaría cuenta su vida romántica a Serpiente, cuyo nombre verdadero es Elisa. Esta, al salir de la prisión busca a Félix, y mediante una estudiada actitud, logró ocultar su nebulosa vida pasada, esto, con la intención de hacerse su prometida. Daniela termina antes de lo esperado su condena y busca a su amado. Este le

rechaza con frialdad, puesto que ha encontrado cobijo en otra. Daniela, siendo una combinación única de maldades, no tiene la personalidad como para derramar lágrimas, sino sangre. Elisa desaparece y Félix intenta encontrarla para protegerla, pero poco pudo hacer por protegerse él. Quizá el mensaje que mandó con la dirección llegó cuando el corazón de Félix daba sus últimos latidos… Pero… ¿y la foto?... Qué tendría yo que ver para que la asesina me amenazara… quizá supo que me mandó el mensaje.
¿Y qué hay del hombre gordo de la foto? Pudiera ser el amado de Daniela. Esta, para limpiar su pasado, había cambiado su nombre a Elisa. Claro, ella no estaba con él por una honesta atracción física, seguramente estaba enamorada de su dinero y posición social. Félix alababa la belleza de Daniela, ahora llamada Elisa, y no es necesario buscar más; estos se habían vuelto amantes. El hombre de la foto da cuenta de lo que acontecía a sus espaldas y descarga su furia contra su rival. Félix, en sus últimos momentos, intentó mandarme la ubicación de su asesino…
Rayos, debería escribir novelas. Por lo pronto debo enfocarme en encontrar a Daniela.
He llegado al negocio de alquiler.

—Buenos días… tardes ya. ¿En qué puedo ayudarle?

—Quiero alquilar un auto.

—¿Una camioneta?, ¿un auto de lujo?, ¿deportivo…?

—Algo pequeño, que sea modesto. Lo necesito por un par de días.

—En este momento contamos con una promoción: si usted paga la renta de tres días, se lleva el auto por siete.

—A este paso no creo vivir tanto.

—¿Cómo dice?

—Nada… que quizá termine mis asuntos antes de los siete días y deje pronto la ciudad.

—Entiendo.

—Está bien, démelo por siete.
—Tendrá que dejar un depósito.
—Eso no será problema.

4

Estoy en la busca del tiempo perdido. Ya pasan de las dos de la tarde y sigo aquí, con mi cuerpo encarnado en el asiento del auto, frente a la casa de Daniela, pero parece que en esta calle lo único que pasan son las horas. El calor del verano me envuelve como un abrazo. El aire se vuelve pesado debido a la humedad, impregnando la quietud. Quisiera asomar la cabeza y sentir el viento ondear mi ser, como lo hacen las hojas de aquel árbol, pero nadie debe advertir mi presencia. El tablero brilla bajo el sol, reflejando un resplandor implacable. El tiempo se estira, cada segundo que pasa se magnifica, como si estuviera atrapado en una realidad suspendida de incomodidad.

Al fin, hasta que se anuncia un vehículo que sale de la cochera. Es una mujer y va sola. Sé que debo seguirla, pero no puedo apresurarme; cada movimiento tiene que ser calculado.

Ha tomado la avenida principal. Ahora gira a la derecha, hacia el poniente de la Ciudad, por la desviación que lleva a Santa Fe. Tengo una idea a donde va, si he calculado correctamente va al centro comercial.

A medida que la mujer avanza, la sigo con cautela, manteniendo una distancia segura, pero sin perderla de vista. La carretera serpentea, llevándonos a través de las sombras de los árboles, y me siento más como un animal cazador entre la maleza, observando a su presa.

El brillo de las luces de los edificios y los carteles publicitarios me indican que finalmente, llegamos a la entrada del centro comercial. La mujer se adentra en el estacionamiento subterráneo, un laberinto de concreto y acero que se extiende bajo tierra. Me estacionaré cerca de ella.

Como toda mujer, se ha tomado unos minutos dentro del auto antes de apearse. Examina su rostro con meticulosidad en el retrovisor, pasa un labial sobre su boca, arregla sus cabellos. Sus modos finos transmiten una sensación de delicadeza y asume la postura más provocativa que le permite su figura. Una ceremonia que da forma a la vanidad femenina. Ahora abre la puerta, y deja ver uno de sus pies apoyándose sobre el suelo… ¡una zapatilla roja!

Ahora sale completamente del vehículo, gira y veo el rostro… ¡es la mujer de la fotografía!

Nadie espera que, bajo ese comportamiento de especial elegancia y garbo, exista una persona de muchas rarezas, de una rudeza refinada.

Debo seguirla sin con cautela. Sé que cualquier movimiento en falso podría atraer su atención o la de otros

Y claro, sus asuntos deben corresponder a los más naturales de las mujeres de su posición: ejercitarse en el gimnasio, visitar boutiques de prestigio, socializar en el club, organizar fingidos eventos de caridad y por supuesto, pasar una mañana en el spa del centro comercial. Ahí es donde se ha detenido. Ahora sé que tengo el tiempo suficiente para un plan. Lo primero será conseguir un arma.

Me acerco al directorio de la plaza con rapidez, mi mente centrada en una sola idea: conseguir un arma. Mis ojos escudriñan las letras en busca de una tienda de cacería o deportes. Mi pulso se acelera cuando finalmente encuentro lo que buscaba. El nombre de la tienda es simple y directo: "Caza y Deportes Martínez", ubicado en el nivel dos de la plaza.

Mis pasos son firmes, mi respiración se vuelve más pesada mientras subo las escaleras mecánicas hasta el segundo piso. Por lo menos aquí no hay elevadores. La multitud en la plaza parece disolverse a mi alrededor, perdiendo importancia mientras avanzo hacia mi objetivo. Siento una extraña mezcla de determinación y ansiedad, una tensión que se acumula en mi pecho como una nube oscura que amenaza con estallar en cualquier momento.

Llego frente a la tienda. El letrero es grande y llamativo, con una imagen de un cazador apuntando con su rifle hacia el horizonte. Me detengo observando la vitrina. Dentro, puedo ver una variedad de armas de fuego y equipo de caza. El interior de la tienda parece frío y clínico, iluminado por luces blancas que resaltan cada detalle de los objetos expuestos.

Agarro el picaporte de la puerta y lo giro con determinación. Entro y el sonido de una campana anuncia mi llegada. Los empleados, vestidos con camisas de camuflaje, me saludan con una sonrisa forzada que apenas disimula su desconfianza.

Los rifles y escopetas están expuestos detrás de una vitrina de cristal, todos alineados con precisión. Las pistolas están en una sección separada, aseguradas bajo llave. Pero no busco un arma de fuego.

—Buenos días, quisiera que me mostrara sus cuchillos de caza.

—Por supuesto. Lo necesita de remate, monte o de desuello.

—La verdad… no lo sé.

—Primera vez de caza, ¿cierto? Le explico: los cuchillos de remate tienen una longitud de hoja suficiente para alcanzar los órganos vitales y al mismo tiempo una adecuada anchura para garantizar que la herida provoque una muerte rápida.

—Me parece un poco ostentoso.

—Los de desuello son una herramienta de trabajo

indispensable para desollar la pieza una vez abatida. Son cuchillos pequeños y con hojas anchas redondeadas que facilitan los cortes necesarios para quitar la piel.

Ese se parece al que encontré en casa de Félix, pero no pienso desollar un puerco o un político, aunque para el caso sean casi lo mismo.

—Creo que necesito algo más pequeño.

—Entonces el indicado para usted es una navaja de monte. Recomendable para uso general en la naturaleza.

—Creo que ese me servirá. Me la llevo.

Acabo de descubrir que el cuchillo que Félix guardaba celosamente en la caja fuerte no es un cuchillo cualquiera, sino uno de cacería. Un cuchillo de hoja ancha y filo implacable, diseñado para los momentos más decisivos en la vida de un cazador. Me invade un escalofrío al imaginar cómo pudo haberlo usado Félix en el pasado.

Con resolución regreso al auto con pasos firmes, como si estuviera siguiendo un camino predestinado. Mi mente trabaja a mil por hora, ideando un plan que me permita sorprenderle sin provocar un escándalo que podría atraer a la policía. Una simple distracción, eso es todo lo que necesito.

¡Ya sé! Poncharé uno de sus neumáticos. Un acto tan pequeño y sencillo, pero con un impacto inmediato y directo. Cuando la vea venir, me estacionaré cerca de ella, actuando como un alma caritativa que se apresura a advertirle sobre su nuevo problema.

Todo debe quedar claro desde el principio. El destino nos ha llevado a este mismo punto, y ahora nos encontramos en el mismo momento, sin desearlo, sin planearlo. La fortuna, o más bien la fatalidad, nos ha llevado a este encuentro, eliminando cualquier desacuerdo en el ámbito de lo fortuito.

Esta resolución me parece acertada y definitiva. Ahora solo me queda esperar el momento perfecto para llevar a cabo mi plan. La cuenta regresiva ha comenzado.

5

Ahí viene. Cerraré con fuerza la puerta para que note mi llegada. Ya me miró y abrió la puerta de su vehículo, pero no ha dado cuenta de la pinchadura del neumático.

—¿Va a salir con el auto así?

—¿Cómo?

—Su llanta, está averiada.

—¡Oh, es cierto! Hace unas horas estaba en perfecto estado.

—Pudo haberse desinflado por el calor... ¿Tiene alguien que le ayude a cambiarlo?

—Llamaría a mi esposo, pero está fuera de la ciudad. Tendré que buscar una llantera cerca.

—Yo no recomendaría mover el auto, estropearía el rin. Debería llamar al vigilante de la caseta de estacionamiento, o si cuenta con un seguro puede contactar con su asesor. La mayoría de las coberturas incluyen el servicio de cambio de neumáticos.

—No sabía que existiera eso. Buscaré entonces la póliza en la guantera. Muchas gracias.

Ahora está distraída buscando en la guantera del coche, es momento de actuar.

—No pretendo lastimarla, pero si hace algo estúpido presionaré con más fuerza el cuchillo. Mueva la cabeza si entiende... muy bien. Ahora incorpórese lentamente y pásese al asiento del copiloto, y deme su bolso.

—¡Lléveselo, no importa, pero no me haga nada!

—No vengo por dinero, solo quiero algo de información.

—Pero yo no sé nada, solo vine aquí para hacerme un facial, no me haga daño, se lo ruego.

—Sé que usted es Daniela Ramos.

—No, no, yo me llamo Victoria, se lo juro. puedo comprobarlo con mis identificaciones.

Es cierto, las credenciales de esta señora dicen Victoria Álvarez... claro es V, la amante en las cartas Félix.

—Pero conoce a Daniela Ramos.

—Daniela está muerta.

—Sé que acaba de salir de la cárcel, no quiera hacerse la lista conmigo.

Una voluntad invisible encarna en hechos mis violentos pensamientos y me lleva a acariciar la piel de Victoria con la hoja del cuchillo, dejando una traza delicada en el rostro mientras que ella suelta un leve chillido.

—¡No, por favor, le estoy diciendo la verdad!

—Entonces le conocía.

—Sí, sí ella era mi hijastra.

—¿Cuándo murió? —Sus ojos me miran asustados por detrás de sus cabellos, como los de un ciervo herido, escondido entre la maleza. Hay algo singular en su reacción que no puede pasar inadvertido. Ha distinguido una particularidad en mi carácter, una alteración radicalmente violenta. Y le refleja en un enorme temor. Me sonroja confesarlo, pero el olor a sangre en el cuchillo eleva mi devoción—. Hable rápido o le corto la otra mejilla. Y ya deje de llorar.

—Mi hijastra murió intentando robar la caja fuerte de mi esposo.

—¿Cómo se llama él?

—Ricardo.

La letra "R".

—¿Intentó robar a su propio padre?

—No, a su padrastro, Daniela era hija de la primera

esposa de Ricardo, pero no era su hija.

—Entonces su esposo le mató cuando la encontró robando.

—No, la entregó a las autoridades.

—Usted dijo que Daniela murió en el robo.

—Sí, pero no fue esa vez.

—Necesito que me aclare toda esta confusión, comience desde la primera vez que Daniela robó la caja fuerte.

—Daniela estaba llena de rencor hacia Ricardo, por el conocimiento de sus infidelidades hacia su madre. Cuando su madre murió, sintió una necesidad de vengar la memoria de su madre. Entonces abrió la caja fuerte de Ricardo, tomó el cuchillo de caza de él y algunas joyas, que según ella era de su madre. Ricardo le sorprendió y decidió enseñarle una lección cruel; la acusó de robo y se aseguró de que pasara varios años en la cárcel. Hace como una semana Daniela cumplió su sentencia, y lo primero que hizo en venganza fue robar de nuevo la caja fuerte de Ricardo. Pero algo salió mal, y la encontré muerta.

—Entonces Ricardo mató a Daniela en el segundo robo.

—No, él estaba de viaje con sus compañeros de pesca.

—¡Entonces fue usted!

—¡No! Esa noche yo estaba...

—¡Con Félix!

—Sí, fue a visitarme.

—Entonces Félix descubrió el cuerpo de Daniela y no usted.

—Sí, al escuchar ruidos buscamos la pistola de Ricardo y después Félix bajó, pero solo encontró a Daniela muerta.

—Mire esta foto. Levante la cabeza y mírela. Es usted, Félix y ¿el otro es Ricardo?

—Sí, es mi esposo.

—¿Dónde y cuándo fue tomada esta fotografía?

—Eso fue en nuestra casa, en el cumpleaños de Ricardo, el veinticinco de julio.

—Su esposo se enteró de su infidelidad con Félix y por eso lo mató. ¿Pero por qué quiere matarme a mí?

—No sé de qué habla.

—Al reverso, hay una advertencia.

—No sé, puede ser una broma, yo no sé nada de eso, se lo juro, ya déjeme ir por favor.

—¿Le parece broma la muerte de Félix?

—No, pero Ricardo no sabe de lo mío con Félix, y él nunca mataría a nadie.

—¿Y qué tal usted? Sé que estuvo en casa de Félix el día que desapareció.

—Le juro que no le maté. Solo estaba preocupada por él. Por favor ya déjeme.

Comienza a oscurecer. Las luces de los autos se proyectan en el retrovisor del auto de Victoria. Iluminan el fondo apagado que nos ocultaba a medias.

—Miente.

—Espere, baje el cuchillo, por favor. Si le sirve, la policía ya sospecha de alguien y creo tener idea de quién es, a Félix le estaban chantajeando.

—¿Cómo lo sabe?

—Me enseñó una carta. Félix aseguraba que era una mujer. Y la Detective también piensa lo mismo.

—¿Eso cómo lo sabía?

—Se lo dijo su psiquiatra.

—¿Cuál es el nombre de esta persona?

—Teresa Morales.

—Ahora baje la cabeza hasta sus rodillas y cuente

hasta cien. No haga nada estúpido, recuerde que ya sé su nombre y dónde vive.

6

Por fin en casa. Qué día. La lluvia sigue. Golpea con fuerza las ventanas como dedos inquietos. Las horas se deslizan como arenas movedizas desde que descubrí esa fotografía ominosa. Cada segundo que pasa me acerca a un futuro incierto y a un misterio que amenaza con tragarme por completo. ¿Qué es esto?... Un sobre negro sobre la mesa. Tiene mi nombre. Está escrito en la misma caligrafía inconfundible del mensaje en la fotografía. La he repasado tantas veces que no hay lugar a equivocarme. Mis manos tiemblan al abrirlo. Dentro hay una tarjeta. El papel es grueso y áspero y está impregnado de un aroma que reconozco, es dulce, como el de una fragancia de mujer. Mis ojos recorren las palabras frías y cortantes que han escrito:

"Tu tiempo se agota, Reni. El asesino te observa".

Pudiera preguntar a los vecinos si han visto algo, pero sería inútil; la han mandado por correo. La única pista es la dirección del remitente. Los pensamientos golpean mi cabeza mientras miro el sobre una y otra vez. Este detalle puede ser un descuido o una amenazante invitación. Aunque dudo en enfrentarme a lo que podría encontrar, no puedo resistir la posibilidad de descubrir la verdad.

7

Con determinación y nerviosismo, he seguido las coordenadas hasta una vieja casa abandonada al borde de la ciudad. La lluvia ha disminuido un poco y me permite una mayor visibilidad. Las ventanas rotas y las tablas de madera desgastadas parecen susurrar historias de un pasado olvidado. La puerta está cerrada, pero puedo girar el picaporte. Al fin un lugar bajo techo donde podré secarme. Con el corazón agitado, cruzo el umbral con una mezcla de temor y emoción. Mi linterna proyecta sombras fantasmales en las paredes desvaídas y resalta el polvo flotando en el aire. Un olor rancio se intensifica en el ambiente. El silencio es opresivo, solo interrumpido por el chirriar de las viejas tablas del suelo. Movido por la curiosidad, continuo mi recorrido explorando habitaciones con muebles cubiertos de telarañas. Mis pasos me han llevado hasta una puerta entreabierta al final del pasillo principal. Intrigado, me aproximo lentamente y empujo la puerta, revelando una estancia en penumbra. La luz débil que se filtra por las rendijas de las persianas apenas ilumina la escena.
En una esquina, encuentro un montón de fotografías esparcidas sobre el suelo. Con manos temblorosas, recojo las imágenes y las estudio. Las fotografías muestran momentos cotidianos de mi propia vida: saliendo de mi apartamento, tomando café en una cafetería, caminando por la calle. Es como si alguien me hubiera estado observando desde las sombras.
Y luego, en una mesa cercana, encuentro un diario. Lo abro con cautela y me encuentro con una serie de entradas

escritas por una mujer. Las páginas están llenas de palabras de odio, quien escribió esto planeaba una venganza oscura, pero hay cierto remordimiento a una traición por cometer. Con el diario y las fotografías en mano, dejo la casa en ruinas, sintiendo que estoy un paso más cerca de la verdad, pero también un paso más cerca de mi destino incierto.
¡Por Dios! El sonido de mi móvil me ha pegado un susto.

—Bueno.

—¿Hablo con Reni?

—¿Quién habla?

—No me conoces, pero soy Juan, el cantinero. Edgar dijo que querías información sobre la mujer que preguntó por ti.

—Sí, me gustaría una descripción.

—Te costará mil pesos.

—¿Mil pesos?

—Ese es mi precio, pero si no te interesa…

—Está bien, está bien. ¿Dónde nos vemos?

—Ve mañana al bar, por la noche. Mi turno comienza a las nueve.

—Ahí estaré.

DÍA CUATRO

1

11 de agosto.

—Resumiendo, usted dice que desde hace tres días no recuerda nada.
—Este es el cuarto, hablando con exactitud.
—¿Tuvo algún accidente en el pasado?
—Si fuera así, estaría con un médico y no con usted.
—¿Ha tenido alucinaciones?
—No... bueno, no precisamente.
—¿Puede hablarme al respecto?
—Creí que vivía en el departamento de otra persona.
—¿Vive con alguien?
—Al parecer no.
—¿Escucha voces?
—No estoy demente si eso es lo que pretende insinuar.
—Se trata de cuestiones estrictamente protocolarias, ¿quizá desea usted realizar alguna pregunta?

—No en este momento.

El diván yace en penumbra, incómodo y enigmático. Sus cojines revelan un eco desgastado y misterioso, su diseño exige posturas excéntricas para la fisionomía humana. Y mientras, la doctora sigue sentada cómodamente detrás de su escritorio. Sus títulos y reconocimientos enmarcados establecen un trazado de confianza bastante acreditado a los sentimientos de sus víctimas. Su figura esbelta, y su mirada que pasa por encima de los anteojos, acompañan a sus dedos como agujas que penetran el teclado, sus manos se mueven como arañas, inquietas, atrapando a su presa en una red de palabras.

—Le voy a mostrar unas imágenes, por favor diga lo primero que le venga a la mente.

El razonamiento de esta psicóloga de clase media elevada no es diferente del que le había atribuido. Igual a los demás de su profesión, piensa que el delirio de un enfermo se puede manifestar a través de unos dibujitos.

—¿Qué ve en esta imagen?
—Una fotografía.
—¿Y en esta?
—Una carta.
—Ahora en esta.
—Una serpiente.
—¿Y en esta otra?
—Un zapato de tacón.
—Una más.
—Una fotografía, de nuevo.
—Muy bien, con eso bastará.
—¿Encuentra incorrectas mis respuestas doctora?
—Aquí no hay correcto o incorrecto, cada respuesta muestra algo diferente.
—¿Y cómo sabe que no manipulé las respuestas?
—No lo sé, pero eso también indicaría algo.

—Y bien, ¿qué le dicen, ya sabe qué me pasa?

—Aún no, pero si usted lo permite intentaré ayudarle.

Empiezo a pensar que se le ha acabado la inspiración a la doctora.

—¿Qué sucedería si recobra la memoria?

—En este momento ya no sé si quiero que suceda eso.

— Imagino que podría hacerle sentir miedo.

—¿Usted no lo sentiría de estar en mi lugar?

—Sí, probablemente. ¿Pero qué pasaría si sucede lo que teme?

—Pudiera morir.

—¿Culpa a alguien por lo que le pasa?

—Quizá a mi otro yo.

—¿Hay otra persona además de usted y yo en esta habitación?

—Me refiero a mi otra consciencia; la persona que yo era antes de perder la memoria.

—¿Siente necesidad de hacerle daño a esa otra persona?

—No.

—¿Le tiene miedo?

—No, pero sí a las consecuencias por sus actos anteriores.

—¿Cuán probable es que la amenaza que siente realmente le ocurra?

—Diría que es real.

—¿Alguien le persigue?

Seguro Victoria le puso sobre aviso.

—Entonces, ya sabe usted de la fotografía.

—No, hábleme de esa fotografía.

—No sé si quiera decírselo.

—Está aquí para recibir ayuda, no hay nada de qué

preocuparse. Además, existen medicamentos para su problema que…
Alguien toca la puerta.
—Adelante.
—Doctora, quería pedirle permiso para retirarme.
—¿Tengo más pacientes para el resto de la tarde?
—No doctora.
—Gracias Conchita, puede retirarse. Discúlpeme, le decía que…
Ocho, nueve, diez. Conchita ya debe estar lejos. Desenvaino la hoja, y ella brilla con la luz tenue. Rápidamente me acerco, el cuchillo acariciando su garganta y mi otra mano tirando de su cabello corto y bien acomodado. El destino y la desesperación se entrelazan, dejándonos suspendidos en una calma inquietante de incertidumbre.

—Muy bien doctorcita, ahora es cuando quiero hacer preguntas.
—Parece que usted está teniendo un episodio. Es justamente del tratamiento de antipsicóticos que quería hablarle.
—Quiero información de uno de sus pacientes, Félix de la Garza.
—¿Qué le interesa saber de él?
—Quiero saber quién le chantajeaba.
—Hasta donde el señor Félix me hizo saber, nunca lo supo.
—Miente, sé que usted sabía que era una mujer.
—Sí, por la carta.
—¿Cuál carta?
—El señor Félix me mostró una carta del chantajista, y por la caligrafía supe que se trataba de alguien del sexo femenino.
—Enséñeme esa carta.

—Tome asiento, por favor, le ayudará a tranquilizarse. Se la enseñaría con gusto, pero no está en mi posesión. El señor Félix dijo que se la entregó a una amiga, por si le pasaba algo.

—¿Sabe su nombre?

—No, no lo sé, pero una mujer le esperaba en la sala de espera con frecuencia.

—¿Es la mujer que aparece en esta foto?

—Vaya, sí existe la fotografía. Sí, es ella.

—¿Todo bien ahí dentro Doctora?

Conchita todavía no se ha ido, debe haberme escuchado.

—Pero, ¿qué es esto? ¡Auxilio, auxilio!, lárguese sabandija.

En un giro insospechado, veo a Conchita con los ojos inyectados en una mezcla de furia y satisfacción, agarrando el pesado florero de la sala de espera como si fuera un martillo de guerra. Siento un trueno seco explotar en mi cabeza. Mi mundo da un vuelco mientras me tambaleo, y el calor de la sangre corre por mi frente, transformando mi visión en un borrón escarlata.

Maldita Conchita, con su vestido de flores y su sonrisa perversa. Puedo ver la malicia bailando en sus ojos, pero afortunadamente la Doctora se mueve con rapidez para detener a Conchita antes de que agarre la lámpara de la mesa. Mis instintos me gritan que necesito atención médica, pero más que nada, debo salir de aquí cuanto antes.

La puerta de emergencia se abre con un chirrido largo y angustiante, liberando una ráfaga de aire fresco que acaricia mi rostro ensangrentado. Salgo tambaleándome, con la mente nublada por la adrenalina y el dolor, pero sé que este escape es mi única oportunidad de salvarme de la locura que acabo de vivir.

Una vez afuera, el bullicio de la calle golpea mis oídos y me devuelve a la realidad. El ruido de los coches y las voces lejanas me recuerdan que el mundo sigue girando, incluso cuando mi vida parece estar desmoronándose.

Busco con la mirada algo que me indique hacia dónde debo ir. Mis ojos se posan en un cartel luminoso que anuncia una farmacia a unos pasos de distancia. Parece un oasis en medio del desierto, una promesa de refugio y sanación.

—¡Quítese de en medio! —grito, empujando a la botarga que, con su aspecto de peluche regordete y estúpido, no deja de interponerse en mi camino. El caos es total.

—Oiga, ¿qué le pasa? —recrimina la recepcionista con tono indignado—. Ya embarró de sangre a nuestra botarga.

—No es para tanto, además este pinche muñeco no me dejaba pasar.

—Bueno, ¿qué le pasó? —pregunta ella, confundida y preocupada.

—Necesito ver al doctor, al de verdad.

—A ver —dice ella, entregándome una gasa—. Tome, límpiese con esto y haga presión con la venda. Ya le van a atender. También va a necesitar tomarse algo para calmar el dolor. ¡Doctor!, tenemos una consulta urgente.

Mientras me aplico la venda, siento el dolor como un latido sordo en mi cabeza, pero logro mantenerme en pie.

2

—¿Le importaría fumar en otro lado?

—Yo llegué primero a esta banca, aquí afuera sólo estamos usted y yo, puede sentarse en una más lejos.

—Pero usted es empleado de este supermercado.

—¿Y eso qué?, es mi descanso. Quéjese si quiere, al cabo a mi me pagan lo mismo.

No es que me moleste el olor del cigarro, solo quería mandar lejos a ese fulano. Es una noche tranquila, en orden, con esencia a silencio, y quisiera pasar lo que le queda bebiendo café bajo estas nubes que enmarcan el cielo.

Mis encuentros con Victoria y la psiquiatra me ha llenado de nuevas expectativas, pero también de ausencias súbitas. ¿Qué mujer chantajeaba a Félix y cómo recuperó este las cartas de Victoria?, ¿será que se deshizo de la persona que le chantajeaba o porque pagó el precio por ellas?

Lo que enturbia más mi tranquilidad es el cuchillo. Sin duda el que encontré en la casa de Félix, es el mismo que robó Daniela a Ricardo. ¿De quién será la sangre?, ¿y por qué lo tenía Félix en su caja fuerte? Con la aparición de Daniela presumí que tenía una vena sólida, pero sólo me he quedado con unas cuantas ideas vacías.

Este es el cuarto día desde que encontré la foto y sólo tengo una sombra de la identidad del asesino. Pero lo que es seguro es que ya ha cobrado dos muertes: la de Daniela y la de Félix… o no. Eso todavía no lo sé.

Si las deducciones de la Detective y de Victoria son correctas mi posible verdugo es una mujer. Conozco tres sospechosas del género femenino hasta el momento: Victoria, Elisa y Serpiente. Pero esta deliberación no casa bien con la advertencia de la foto, en la que se asegura que en ella aparece el asesino. Eso dejaría a Victoria como la presunta responsable de mi anunciada muerte. Estar de acuerdo en ello me supone un gran esfuerzo. Desde luego que una admirable calidad de astucia se oculta detrás de esa damisela de agradables formas, y precisamente esos atributos poco populares, manipulados por una sensualidad de la que no todas las mujeres son capaces, le permiten entrada a confidencias y secretos de hombres vulnerables, y por consiguiente manipularlos con facilidad. A Ricardo y a Félix les ha robado más que una sonrisa, y pienso que no arriesgaría el dinero que ha acumulado por cometer un acto de venganza, ya que mi muerte no le pudiera brindar algo más que la mera satisfacción de un desquite, sea cual sea el motivo que le llevara a cometer ese acto.

Por otro lado, ya comprobé con las cartas, que la letra de Victoria es diferente a la de la foto.

Me cuesta admitir que mi porvenir está impuesto al pasado impreso de esta fotografía. Debo estudiarla de nuevo, en las cámaras de mi mente debe asomarse algo que aún se encuentre durmiente, algo que venga a mi rescate.

Veamos: el telón del fondo es un jardín muy amplio adornado elegantemente. Las mesas y sillas están cubiertas con mantelería blanca de finos dorados. El día es soleado y se montaron carpas. Al centro hay una fuente que no permite distinguir del todo a los invitados. Un momento... creo ver algo, pero cómo pude pasarlo por alto. Entre la cabeza de Victoria y Ricardo hay una persona en el fondo caminando hacia ellos. Se distingue bien, es una camarera y lleva una charola. Se ha dado cuenta de la escena y sonríe hacia a la cámara. Al fin una pista nueva que seguir. ¿Qué hora es?... Casi las nueve. Quedé de ver a Juan el cantinero esta noche. Debo ir a verlo.

3

Al llegar al bar, la primera impresión que tengo es de una multitud aglomerada en la entrada, todos ellos ansiosos por entrar. La espera es palpable en sus rostros y se escuchan murmullos de impaciencia. El sonido de sus voces es una cacofonía de deseos no satisfechos, un anhelo de cruzar el umbral hacia la promesa de una noche llena de entretenimiento y alcohol.

El gorila de la puerta, con su imponente figura y su rostro inexpresivo, me ve entre la multitud. Hay algo en su mirada que indica que me reconoce, y hace un gesto para que me acerque. Lo hago, casi de forma instintiva, mientras siento las miradas hostiles de los que esperan en la fila, como si estuvieran intentando atravesarme con sus ojos llenos de resentimiento.

El hombre me detiene brevemente, como si me estuviera evaluando, y luego me pregunta:

—¿Solo tú, Reni?

Asiento con la cabeza, confirmando que no tengo compañía. El guarura asiente en respuesta y, bajo los disgustos de la gente que espera, retira la cadena que bloquea la entrada, permitiéndome pasar.

Me apresuro hacia el interior, sintiendo cómo una ansiedad creciente se apodera de mí. La presión es tangible, como una sombra que se cierne sobre mí mientras me abro paso entre la gente.

Nuestros cuerpos chocan, se palpan, se frotan de manera íntima, como si compartiéramos algo más que un estrecho espacio. Los rostros se mezclan, conocidos o nuevos, y me pregunto si la asesina podría estar entre ellos. Los gritos y cantos desafinados se entrelazan con la música, y junto con el humo de los cigarrillos crean un aire de misterio en el bar.

Cuando por fin llego a la barra, una serie de copas vacías y botellas medio consumidas yacen desordenadas, testimonio de la ausencia Juan, el hombre que busco.

El volumen de la música se vuelve abrumador, y tengo que gritar para preguntar a los meseros si han visto al cantinero. Sus miradas inquietas y encogimientos de hombros son todo lo que obtengo como respuesta.

Entre conversaciones ajenas, minifaldas en movimiento y cubetas que pasan de mano en mano, veo al capitán de meseros que me llama. Recorro el bar hacia el otro lado de la taberna, donde esa mirada cómplice me invita a ir al exterior.

—Escuché que buscas a Juan. Hace rato recibió una llamada y salió hacia el estacionamiento. Ha de estar haciendo negocio ¿Vienes a comprar?

No se me ocurre otra respuesta que mover la cabeza en señal afirmativa.

—Busca un Nissan Sentra rojo en el estacionamiento para empleados.

Cruzo un tramo sombrío y desolado, donde los faros de los autos están apagados. La lluvia cae con furia sobre el asfalto, creando un telón líquido que cubre este oscuro escenario.

El eco de mis pasos se mezcla con el zumbido lejano del bar mientras avanzo por el estacionamiento. Al final, encuentro el auto. Entre las sombras del interior vislumbro un contorno tenue; una nube de gotas me impide ver con claridad.

Me acerco, mi corazón late con inquietud. Intento apartar el agua de mi rostro, pero mi cabello está empapado. Mi respiración se agita, y un escalofrío recorre mi espalda mientras asomo a través de la ventana del conductor.

El aire se vuelve denso, y la realidad, si es que tengo alguna, se desvanece. Me enfrento a la impenetrable y cruel realidad de la muerte de Juan el cantinero, ha dejado un vacío que ninguna conversación ni copa de licor podrán llenar.

Tengo que regresar con Victoria esta noche, necesito preguntarle sobre la camarera que aparece en la fotografía, ella debe saber de quién se trata.

4

He llegado a casa de Victoria y de nuevo el auto de policía está estacionado frente a la entrada. De seguro le ha contado a la Detective sobre nuestro encuentro.
Algo está mal, escucho sirenas de ambulancia cada vez más cerca. Un policía ha salido a la calle, con su mano detiene la luz del farol y asoma en dirección a donde proviene el sonido. Detrás de la ambulancia vienen otros autos de policías. Los paramédicos se han estacionado frente a la residencia de Victoria. Ahora bajan una camilla.
La Detective Ramírez sale del interior de la casa, lleva esposado a alguien, se parece al otro hombre de la fotografía… es Ricardo. Su cabeza y cuerpo están inclinados hacia el suelo como si por un gran esfuerzo obligado se mantuviese de pie.
Mi presencia se despliega en el aire como una sombra de perdición. Como una cruel sentencia que visita sin piedad a aquellos que están destinados a su último encuentro en esta vida y el primero en la siguiente, como el Rey Midas de la muerte.
En este desfile lúgubre unas zapatillas rojas salen por delante; lo último que le quedaba de dignidad a Victoria. La tragedia me ha dejado sin nada qué decirme, como si la incomprensión de este acontecimiento, por su misma crudeza, apenas admitiese palabras. Mi presencia se siente invocada como una metáfora. El asesino se me ha adelantado. Necesito recuperar la carta del chantaje que mencionó Victoria y el único que puede tener una idea clara de dónde la pudo ocultar es Ricardo, aunque él

probablemente no sepa de su existencia. En este momento solamente yo puedo ayudarle y si lo hago, quizá él también me ayude.

5

No puedo creer que por mis propios pies he venido a la comisaría para hablar con la Detective.
Desde que llegué, mi presencia no ha pasado desapercibida, siento a mi alrededor airadas miradas por parte de los oficiales de policía.
La amabilidad aquí pasa desapercibida, solo me empujaron a que me sentara en este incómodo asiento, minado con chicles pegados y otras sustancias de las que prefiero no preguntarme el origen.
Ahí viene un hombre cargado con un manojo de papeles hacia donde yo estoy.

—La detective Ramírez ya está desocupada. Sígame.

Veo que la concurrencia se ha intensificado con gente cuya falta de elegancia rivaliza con su carencia de modales.

—Buenas noches Detective.

—Le preguntaría en qué puedo ayudarle, pero sospecho que su presencia tiene que ver con el homicidio de esta noche.

—Es correcto. Tengo evidencia que pudiera apuntar a favor de la inocencia del señor Ricardo Pastrana.

—Me gustaría verla.

—Se trata de unas cartas... fueron escritas por Victoria Álvarez, la esposa del señor Pastrana, para Félix de la Garza.

—Estamos al tanto de la infidelidad de la Señora Álvarez y esta evidencia solo acentúa más el móvil del homicidio.

—Estas cartas nunca fueron vistas por Ricardo

Pastrana, estaban en mi poder.

—¿Y usted cómo se hizo de estas cartas?

—Félix y yo éramos buenos amigos, y yo no ignoraba la travesura erótica que mantenía con la señora Álvarez.

—Discúlpeme que le interrumpa, pero en nuestra primera entrevista usted aseguró que su relación con el señor de la Garza no iba más allá de un trato laboral.

—Entonces la situación era distinta.

—Mentirle a la autoridad es un delito.

—Como dije, la situación era distinta.

—Siga.

—Alguien más sabía de la infidelidad de la señora Álvarez y les estaba chantajeando. Félix temía que las cartas que conservaba de la señora Álvarez cayeran en manos de esta persona. Por ese motivo me las dio a guardar.

—Las podría haber quemado y listo.

—Félix las necesitaba. Tenía intenciones de atrapar al extorsionista y las cartas eran la carnada. Ignoro de qué forma las iba a usar, pero le salió mal y por eso le mataron.

—Mire, por el momento el señor Pastrana es nuestro principal sospechoso. Las cartas por sí mismas no demuestran que el señor Pastrana no estuviera al tanto de la infidelidad de su esposa. Y su testimonio bien pudiera ser un cuento inventado por usted, después de todo no sería la primera vez que miente a la autoridad. Además, no es el único homicidio del que se le acusa.

—El señor Pastrana no pudo cometer el asesinato de Daniela Ramos.

—Veo que ha estado investigando sin descanso en esto. Tenga cuidado, no es un juego.

—Según Victoria, su esposo no se encontraba en la ciudad.

—No hay evidencia o testimonios que lo

demuestren. Eso tendrá que probarse en el juicio.

—¿Y el asesinato de ella? Ricardo también estaba de viaje.

—El señor Pastrana llegó esta mañana, tuvo el tiempo suficiente para cometer el crimen; no se contrapone con la hora de la muerte que estimó el médico examinador.

—¿Y si consiguiera la carta del chantaje? Probaría la existencia de otro sospechoso.

—Si resultara verídica... posiblemente. ¿Sabe dónde está?

—Victoria la mantenía oculta, pero sé que Ricardo tiene idea de dónde pudiera estar. Necesito hablar con él.

—No, de ninguna manera le permitiré hablar con el sospechoso.

—Veo que teme que se habrá otra brecha en la investigación, usted ya da por sentado que el caso está resuelto. Pero veamos que dice el abogado del señor Pastrana, seguro querrá hablar con el fiscal.

—¡Está bien, está bien! Pero sólo un momento.

6

Debo aprovechar correctamente este momento, quizá esta sea la primera y única vez que podré hablar con Ricardo.
Ahí está, sentado en una banca en la sala de visitas. El recinto no es muy agradable. El desgaste del piso refleja gran parte de su abandono. Y la pintura de los muros está llena de cicatrices dejando ver la palidez grisácea del concreto. Los bancos están fijados al suelo con tornillos y en las muñecas de los presos, cadenas se enrollan como serpientes amordazando a su presa. Rostros terriblemente tristes cruzan miradas conmigo. No amenazan, pero su sorpresa me incomoda.

—Buenos días señor Pastrana, mi nombre es Reni. He venido…

—Sí, me han dicho que quiere verme, pero yo a usted no le conozco. ¿Es de parte de mi abogado?

—No precisamente, pero tengo serias dudas de que usted hizo lo que la policía piensa, y puedo ayudarle.

—No estoy seguro si agradecerle, mi experiencia como empresario me ha enseñado que no hay tal cosa como un buen samaritano y presiento que usted quiere de mí algo mayor de lo que ofrece, pero me interesa el negocio.

El rostro de Ricardo refleja un ser abatido, y ¿quién no lo estaría?, sus circunstancias han cambiado de golpe. Un día está en un viaje de negocios, dialogando con sus colaboradores tratando de arreglar el mundo y al día siguiente se ha quedado sin esposa, con un agravio en el honor y desprovisto de su libertad como sospechoso de asesinato. Cómo caen los gigantes.

—Primero su asunto. Estas cartas fueron escritas por Victoria. En ellas se menciona que había logrado ocultarle a usted su amorío con Félix.

—Me queda claro que todo el mundo, menos yo, estaba al tanto de la infidelidad de Victoria. Pero, ¿esto cómo demuestra mi inocencia?

—No la demuestra, sin embargo, apoyan la existencia de otro sospechoso. Félix estaba preocupado porque alguien intentaba chantajearle. Esta persona aseguraba tener evidencia suficiente para demostrar su aventura con Victoria.

—¿Félix sospechaba de alguien?

—De una mujer, según el análisis de una de las cartas realizado por su psiquiatra.

—¿Y dónde está esa carta?

—Félix se la dio a guardar a su esposa, y ahí es donde entra mi asunto. Yo también necesito de esa carta para encontrar al chantajista.

—¿Y para qué quiere hacer eso?

—Para salvar mi vida. Alguien dejó esta fotografía junto con la advertencia del reverso.

—A ver. Esa fotografía es de mi cumpleaños. Pero, ¿no pensará que la amenaza va en serio?

—Al principio no, pero después de la muerte de Félix y Victoria, pienso que esas palabras fueron escritas para leerse con terrible elocuencia.

—No quiero contradecirle, pero si la advertencia es real, el criminal sería yo sin lugar a dudas. Soy la única persona de la fotografía que queda viva.

—Se equivoca, mire con atención al fondo. Hay otra persona, una camarera.

—Es Elisa, nuestra criada. Una mujer de extrema llaneza, de nobleza inconsciente, no tiene el temple de una asesina.

—El disfraz es una característica recurrente en personas de alta peligrosidad, señor Pastrana. Y su primera víctima fue Daniela Ramos.

—Esa muchacha es un recordatorio de mi primera esposa que preferiría dejar sepultado, pero… ¿ella qué tiene que ver?

—Sospecho que Daniela conocía a Elisa, estuvieron juntas en la cárcel.

—No, está usted en un error, ella nunca estuvo en la cárcel; antes de contratarla hice revisar sus antecedentes.

—Es por que estuvo bajo su verdadero nombre, del cual nadie realmente conoce. Pero le apodaban Serpiente entonces.

—Me sigue costando trabajo creerlo.

—Piense, ella tenía la coartada perfecta para aparecer en la escena del crimen del homicidio de Daniela y en la de su esposa. Puesto que fueron cometidos dentro de la casa de usted, nadie cuestionaría su presencia.

—Pero Elisa desapareció al día siguiente del robo y ya no regresó a trabajar.

—Y eso sería de mayor ventaja para ella, pudo haber cometido el asesinato de su esposa entrando por la puerta de enfrente. Y sin preocupación de dejar sus huellas dactilares.

—Pero, ¿qué motivos tendría para matar a mi esposa?

—Seguramente recuperar la carta.

—¿Y el de Félix?

—Encontré una nota en casa de Félix que decía: "Encontrar a Elisa" y enseguida la palabra brazalete.

—La policía me estuvo cuestionando sobre un brazalete en forma de serpiente.

—A mí también me preguntaron por él. Me ayudaría

mucho saber más detalles del día del robo donde murió Daniela.

—Pues... no sé mucho, yo estaba de viaje.

—¿Cuál fue la versión que le dio Victoria?

—Victoria me comentó que esa noche Elisa había pedido permiso para ausentarse. Cuando estaba acostada, percibió pasos en la planta baja. Me dijo que la alarma de la casa no sonó y llamó al novecientos once. Enseguida, escuchó lo que ella describe como sonidos de una pelea y se encerró en el baño de la recámara. Cuando oyó las sirenas de la policía bajó. Encontró la biblioteca en desorden, la caja fuerte estaba abierta y prácticamente vacía. El cuerpo de Daniela estaba tendido en el suelo cubierto con los cristales de uno de nuestros aparadores.

—Daniela sabía la combinación de la caja.

—Por desgracia sí. La había obtenido de algún modo desde la primera vez que intentó su fechoría. Victoria me insistió en que la cambiara, pero no le hice caso.

—¿Mencionó su esposa la existencia de algún cuchillo en la escena o que Daniela presentara heridas provocadas por este tipo de arma?

—No que yo recuerde. ¿Por qué sugiere que habría de hacerlo?

—Mire señor Pastrana, me aflige mucho que sea yo quien se lo diga, pero Victoria estaba con Félix esa noche.

—¿Y cómo es que usted sabe más que la policía?

—Victoria misma me lo dijo. Y ya que la sinceridad se ha colado en nuestra plática, debo confesarle que irrumpí en la casa de Félix. Dentro de su caja fuerte encontré las cartas que le había escrito su esposa, la nota donde menciona a Elisa y al brazalete y un cuchillo ensangrentado. Uno de casa, como el que Daniela le había robado anteriormente. Le muestro la foto.

—Sí, ese es mi cuchillo.

—Daniela y Elisa, llamada Serpiente, planearon robarle desde que estaban juntas en la penitenciaría. Elisa entraría a trabajar en su casa como criada esperando a que Daniela terminara su condena. El día del robo Elisa no se ausentó como le hiso creer a su esposa, se quedó dentro de la casa escondida para poder dejar entrar a su cómplice. La alarma no sonó esa noche porque Elisa la desactivó desde adentro. Su gesto me da a entender que adivina el resto.

—Le sigo bien, usted piensa que Serpiente y Daniela se necesitaban mutuamente para cometer la fechoría.

—Así es, pero una vez que la caja fuerte fue abierta, se vieron arrastradas por igual en una discusión violenta contra sí mismas generada por la codicia, la cual terminó en una pelea. Daniela logró herir a Serpiente con el cuchillo, pero no de muerte. Sin embargo, esta sí logró deshacerse de su amenaza impactándola contra la vitrina. El arma quedó perdida. Al llegar la policía, Serpiente huyó sin poder llevársela.

—Y Félix la encontró.

—Por supuesto señor Pastrana, y como todo caballero, Félix bajó primero para cerciorarse de que ya no hubiera peligro para Victoria. Y ocultó su descubrimiento hasta de la policía. Entonces, Félix intentó deshacerse del chantaje de las cartas intercambiándolas por el cuchillo.

—A como lo pone, casi todo cuadra en su historia a excepción de que Félix terminó con las cartas y el cuchillo en su poder. Lo lógico sería que después de matarlo, Serpiente le hubiera sustraído cualquier evidencia en su contra.

—En eso tiene usted razón. Además, aún no se puede deducir cómo es que Félix sabía que Elisa era en realidad Serpiente y que estaba presente en el robo y lo que pasó después de esa noche incluyendo el motivo de la muerte de su esposa ni siquiera puede llegar a la especulación. Y para mí, lo más importante, qué tengo que ver yo en todo esto junto con la amenaza de la foto.

—Lo que queda por hacer es más que obvio, debe usted encontrar a Elisa para que ambos podamos resolver nuestros asuntos.

Ricardo parece un buen tipo, pero bastante confiado, o quizá bastante tonto, de los que suelen bajarse al autoservicio dejando el carro encendido. Sin duda Victoria vio una presa fácil en él.

—Yo la puedo encontrar, pero debe ayudarme. Mencionó antes que, para contratar a Elisa, le hizo investigar, debe haber registro de algún domicilio donde viviera antes de que se mudara con ustedes.

—Es correcto, él debe estar en mi biblioteca, en el archivero para ser exacto.

—Si la caligrafía de la carta que Victoria guardaba es igual a la de la foto, estaremos seguros de que el chantajista está detrás de todos los crímenes, ¿alguna idea de dónde pudo ocultarla su esposa?

—Ella tiene una caja de seguridad en el banco, es el único lugar al que yo no tengo acceso, debe estar ahí. La llave la guardaba dentro de mi caja fuerte. Me siento realmente extraño a lo que voy a decir, pero debe usted irrumpir en mi casa esta noche, cuando ya no esté el policía de guardia. La puerta más vulnerable para acceder al interior es la trasera que da a la cocina. Cuando tenga la carta del chantaje llévela con mi abogado, él le será útil, le estará esperando.

—Entiendo. Ahora le dejo, tiempo es lo que no me sobra.

Ricardo resultó fácilmente maleable a mis propósitos, y quién no lo fuera en sus circunstancias. Antes de ir a su casa compraré algunas herramientas que necesitaré.

7

La residencia de Ricardo está en total oscuridad. Lo único que se percibe al otro lado de la reja es un gato amarillo que mueve airosamente su cola por el tejado, a la luz de la luna. Algo se siente fuera de lugar, quizá solo sea un mal presentimiento, o quizá sea el fantasma de Victoria tratando contactar con alguien en un intento de alterar su destino. Dicen que cuando ocurre una muerte trágica, esta atrae espíritus en pena, que, por su condición errante, tratan de contrarrestar su infame desolación impidiendo que el espíritu naciente logre atravesar al otro plano... O quizá Serpiente esté observando desde adentro esperando mi llegada.
Parece que el guardia ya no está y el candado puesto por la policía es una baratija, ni para qué traje las pinzas.
La vegetación que hay en esta casa cubre por completo mi figura y se fusiona en solemnidad con la noche que abraza al césped. Cualquier neófito en este oficio pudiera seguir este camino hasta la casa sin ser visto.
Esta es la entrada trasera que da a la cocina, como mencionó Ricardo. A través de la ventanilla de la puerta puedo ver una taza de café, una chaqueta y un celular. La cerradura se ve fácil de manipular. El cuchillo entra con facilidad entre el pasador y el marco de la puerta. Con un susurro, la puerta se abre, permitiéndome entrar.
El silencio en la casa es inquietante. Avanzo sin hacer ruido, y evitando dejar rastros de mis huellas. La falta de luz es mi aliada, aunque dificulta mi tarea de orientarme en este laberinto de habitaciones desconocidas.

Escucho ruidos en el corredor, un murmullo casi imperceptible pero lo suficientemente audible para ponerme en alerta. Busco refugio en un pequeño cuarto adyacente, un espacio sin muebles que me rodea con una penumbra densa y húmeda, debe ser el cuarto de lavar.

Mi corazón late con fuerza, acompasando los ecos de los pasos que escucho a lo lejos. La sombra que se desliza frente a la puerta parece tener vida propia, una presencia oscura que se mueve con cautela por el corredor. Mi mente me juega malas pasadas, imaginando quién o qué podría ser esa figura. Un agente de la policía haciendo una última ronda de inspección, o quizá alguien más siniestro, moviéndose en silencio para evitar ser detectado.

Necesito llegar a la biblioteca para continuar mi búsqueda, pero mi presencia aquí ya no pasa desapercibida. La puerta chirría levemente al abrirse, y me tenso, rezando para que el ruido no haya alertado a quien ronda por los pasillos.

Mis sentidos están al límite mientras avanzo con lentitud, cuidando cada paso para evitar hacer el más mínimo sonido.

Por aquí, esta debe ser la biblioteca. Aquí es donde pasó el episodio del robo. Se puede percibir todavía la atmósfera de aquel día, como si los hechos estuviesen recién concluidos. Puedo imaginarme los restos de una pelea y manchas de sangre en la alfombra y pared. Por lo menos es así en mi mente.

Este ha de ser el archivero. No tiene llave. Ricardo no es un amante de la seguridad. Está lleno de papeles añosos. Toda su información personal está a la mano; actas de nacimiento, estados bancarios, datos del seguro… y este es el expediente de Elisa. El reporte fue realizado por una agencia de investigación privada. Ricardo tenía razón, no se encontró ningún antecedente criminal de Elisa o de alguno de sus parientes cercanos. Aquí dice que desde muy temprana edad quedó huérfana y fue adoptada por una tía la cual falleció hace unos años, pero le sobrevive un primo, hijo de la anterior. Aquí está la dirección.

Otra vez el crujido de unas pisadas lentas y cuidadosas en el corredor me devuelve a la realidad con un golpe helado. El peligro es inminente, y mi instinto de supervivencia me impulsa a actuar rápidamente.

Esta es la caja fuerte. Demonios, cómo no le pedí la combinación a Ricardo, pero bueno, la intentaré abrir. Debe ser una caja fuerte de la compañía donde trabajaba porque su mecanismo me es muy natural, como si la cerradura hubiera grabado sus secretos en mis dedos. Con un clic final, la puerta de la caja se abre. Dentro, me recibe una abundancia inesperada: hay efectivo, documentos y joyas. Hurgando entre los papeles y las joyas, encuentro un sobre pequeño. Mi pulso se acelera al descubrir la llave que buscaba, un objeto insignificante pero crucial para mi misión. Para abrir la cuenta bancaria necesitaré efectivo y unas joyas, espero que Ricardo entienda.

Los ruidos en el corredor son más cercanos, y escucho un hondo gemido, un murmullo lleno de misterio y amenaza. Los pasos son sigilosos, pero la cercanía de su presencia me acelera la respiración. El picaporte de la puerta empieza a girar con lentitud y presión, el intruso decidido a entrar.

No tengo tiempo para contemplar más. La ventana es mi única opción de escape, y me preparo para saltar hacia lo desconocido. La oscuridad de la noche me ofrece una ventaja, pero la caída desde este piso será un riesgo considerable. Mi mente se apresura en calcular la distancia y el posible impacto, mientras la puerta comienza a ceder ante la fuerza del intruso.

No hay tiempo para dudar ni espacio para el miedo. En un movimiento rápido y calculado, me lanzo hacia la ventana, confiando en que mi valentía igualará mi suerte.

DÍA CINCO

1

12 de agosto.

Esta mañana el dolor me recorre como un río helado, infiltrándose en cada rincón de mi cuerpo y recordándome el salto temerario que di para escapar de la casa de Ricardo la noche anterior. La adrenalina, que en un momento me había mantenido alerta y con enfoque, ahora se desvanece, dejando tras de sí un vacío inquietante. El cansancio y mi cuerpo adolorido me recuerda el precio de mis decisiones, y me pregunto si estas acciones finalmente me salvarán o me llevarán a mi perdición.
Mientras salgo de mi departamento me apresuro a ajustar las mangas de mi camisa para ocultar las marcas de las lesiones, una acción que parece poco convincente incluso para mí. Sin embargo, el tiempo sigue avanzando, y no puedo permitirme un retraso por el dolor o el miedo. La misión aún no ha terminado. Tengo que ir al banco para encontrar la carta de chantaje que, según mis sospechas,

está guardada dentro de la caja fuerte de Victoria.

Mientras camino por la calle, mi mente se me llena de preguntas sin respuesta. ¿Quién está detrás de las amenazas? ¿La caligrafía de la carta será la misma que la de la fotografía? ¿Elisa será realmente Serpiente?

Cada paso que doy hacia el banco es una arriesgada apuesta, pero no hay vuelta atrás. Estoy dentro de esta peligrosa búsqueda, una que podría cambiarlo todo o llevarme directo al abismo. Pero por ahora, avanzo, según dicta mi intuición y mi determinación para sobrevivir. He llegado.

—Buenos días, quiero abrir una cuenta bancaria.

—Por supuesto, tome un número y enseguida le atenderá un ejecutivo.

—¿Tardará mucho?

—Me temo que hay varias personas esperando antes que usted.

—Creo que tendré que moverme a otro banco, me siento vulnerable al tener que esperar cargando todo este efectivo.

—Bueno, en el caso de una cantidad considerable… no se mueva, regreso en un momento.

Todos los bancos, aparentemente multiformes, son dirigidos por los mismos especímenes de la avaricia humana, quienes sucumben por codicia de la verdadera, al cebo de su comisión.

—El Gerente del banco le atenderá personalmente. Por aquí por favor.

—Soy Miguel Trujillo, administrador de esta sucursal. Tome asiento. Dígame, ¿qué tipo de cuenta quiere abrir con nosotros?

—De cheques. Pero realmente mi interés va enfocado al servicio de alquiler de cajas de seguridad. Además del depósito, quiero resguardar estas joyas con ustedes.

—Si gusta, mientras le enseño los diferentes tamaños y paquetes que manejamos, la señorita aquí presente le preparará toda la documentación, usted solo se encargará de regalarnos unas firmas.

Con la determinación firme de una suficiente cantidad de dinero, todos los protocolos, permisos y autorizaciones desaparecen, como conejo de Houdini.

—Usted refleja con exactitud la calidad del servicio que esperaba encontrar. Quizá reconsidere aumentar el monto a depositar.

—Para nosotros es un placer tratar al cliente como se merece.

Su esfuerzo por aparentar ser cortés, en realidad sirve para evidenciar su hipocresía. Cuántas personas vienen a este banco para cobrar un modesto cheque de nómina o a pagar un servicio y son tratadas con inferioridad por estos mismos animales.

—Estos son los cuartos donde tenemos las cajas. Los precios de la renta van proporcionalmente al tamaño. Le muestro…

—No será necesario. Deme el más grande, me impacienta no poder guardar esto cuanto antes.

—Le entiendo. Aquí hay uno, y aquí la llave.

—¿Y qué espera? Necesito hacer esto a solas.

—Por supuesto. Cuando termine le estaré esperando en mi oficina.

Ahora a buscar la caja de Victoria. No me gusta juzgar, pero parece que Victoria llevaba años alimentando sus bolsillos con dinero de ricachones enamorados. Y sus pretendientes no tenían en cuenta su verdadero talento de manipuladora, intachable hasta antes de su muerte. En un principio quizá estos caballeros daban por supuesto que a Victoria le atraía su dinero o el poder que su posición ofrecía, pero después dejaron de cuestionárselo, por razones temerosas y ciegas. Eludían la realidad afanándose en complacer sus propios caprichos, y de paso, los de ella.

Ricardo estaba en lo correcto, aquí escondió Victoria la carta del chantaje. Y esta caligrafía... la persona que estaba chantajeando a Félix es la misma que dejó la fotografía en mi espejo.

Aquí hay un sobre que dice: "Para la señora". Dentro hay una llave. Es una llave de elevador.

¿Por qué se la habrá entregado a Victoria?... La Forma de referirse a ella como "La señora" sugiere una posición subalterna hacia ella... como lo fuera Elisa u otra de las criadas. Pero eso... todavía no lo sé. Puede serme útil. Me la llevaré.

Ahora debo cumplir con mi parte y llevar esta carta al abogado de Ricardo. En realidad, a él le es de mayor utilidad; yo ya sé que mi siguiente paso es buscar a Elisa y averiguar si es realmente Serpiente.

2

—Buenas tardes, busco al licenciado Martínez, vengo de parte de uno de sus clientes, Ricardo Pastrana.
—¿Cuál es su nombre?
—Reni Tepes.
—Tome asiento enseguida anuncio su visita.
Contratar a un abogado siempre me ha parecido irónico, acudimos a ellos para que nos defiendan de otros que son exactamente como ellos. Muchos, y sin precisar que todos, utilizan hábilmente el miedo como su argumento sobre desesperados individuos, cansados de digerir por su cuenta todo lo intraducible de la ley. Y claro, luego se presentan oportunamente como el receptáculo de sus esperanzas fallidas. Pero también hay otros, por supuesto, que son tanto francos con sus clientes, como honestos con sus adversarios. Aunque yo aún no conozco a alguno.
—Supongo que ha conseguido la carta. Estoy al tanto de todo el asunto.
—Aquí está, aunque no sé qué tanto pueda servir para llegar a la verdad.
—Por el momento no se es indispensable llegar a tanto, es suficiente con alcanzar los objetivos de mi cliente.
—Bueno, eso se lo dejo usted, yo ya he cumplido mi parte.
—Si no le molesta, quisiera saber qué piensa hacer.
—Intentaré encontrar a Elisa, la criada de Ricardo.
—Tenga cuidado, si resulta ser la persona que usted cree, será mejor que llame a las autoridades antes de hacer algo por su cuenta. Se lo pido por su bien, y el de mi

cliente.

—Veo que usted teme que pueda echar abajo el caso.

—Por una parte, y por otra, aunque no me lo crea, me preocupa su seguridad. Ya ha habido suficientes muertes.

—Su cerca protectora puede esperar pacientemente abogado, también reconozco mis capacidades. Solo intento demostrar que hay una cara interior y otra exterior en este caso, y la cantidad de sus componentes solo es analizable por quien pueda descomponer los elementos de ambas perspectivas y volver a reunirlos en uno solo.

—Le deseo suerte. Aquí está mi tarjeta por si me necesita.

—Le agradezco.

3

Trato de reconstruir los hechos desde que tengo memoria y eso es hace cinco días. He dado vueltas a todo mi asunto y no solo en mi mente. Parte del día lo consumo sin reservas como lo haría un ávido investigador, y otra parte, de manera primitiva soy delincuente irrumpiendo en viviendas, allanando cajas fuertes y haciéndome pasar por cualquiera menos quien en realidad soy. Lo cierto es que no he malbaratado mi tiempo. Claro, ha habido breves intermitencias, pero mis avances me llevan a pensar que estoy muy cerca de saber quién está detrás del nombre de Serpiente.

La casa de la tía de Elisa está en las afueras de la ciudad, alzada sobre un terreno llano y sin forma. La caída de la noche la envuelve en una atmósfera secreta y lúgubre. El viento sopla con ímpetu, las ramas desnudas de los árboles crujen y gimen amenazantes. Parece aguardar en silencio la llegada de su próximo visitante.

La ventana abierta en el piso de arriba me observa como una invitación tentadora, pero también como una advertencia silenciosa. No es la primera vez que me aventuro a entrar en una casa sin permiso, pero podría ser la última. Eso... Todavía no lo sé.

Observo la madera que sirve como escalera para la enredadera que trepa por la fachada. Si logro subir por ahí, podré alcanzar la ventana sin demasiada dificultad, aunque probablemente termine con los brazos llenos de rasguños y marcas del roce con la vegetación. La luna arroja su luz pálida sobre el marco de la ventana, revelando manchas de lodo y huellas de pisadas que no me inspiran confianza.

Mi corazón late con fuerza mientras evaluó mis opciones. La curiosidad y la necesidad de respuestas me impulsan a seguir adelante, pero una sensación de peligro latente me recuerda que no sé qué me aguarda al otro lado de esa ventana abierta. Me aferro a la esperanza de que esta vez, mi intrusión no me traerá más que respuestas y la clave para resolver el misterio que me obsesiona. Con un último vistazo al oscuro paisaje nocturno, me preparo para subir y enfrentar lo que sea que me aguarde al otro lado.
Esta debe de ser la recámara de su primo. Está cubierta de polvo y arrastra un aire de abandono. Los botes de basura están limpios y el inodoro tiene manchas de sarro causadas por el agua. Hay una cama individual, poca ropa, artículos personales de caballero y una consola de videojuegos.
Una puerta entreabierta llama mi atención. Con cautela, la empujo y una suave luz se filtra en la estancia polvorienta. Parece que entré en una habitación congelada en el tiempo. Un viejo tocador adornado con espejos de marco dorado se irgue en una esquina, reflejan una imagen desgastada y borrosa. Hay un pequeño retrato en la pared. Es la imagen de una mujer de ojos verdes y melancólicos, que parece guardar profundas penas. No puedo evitar sentir una extraña conexión con ese rostro desconocido. Esta habitación no ha sido ocupada recientemente.
Al cruzar el umbral, siguiendo las pisadas hacia la planta baja me encuentro de nuevo en una oscuridad opresiva. Apenas se notan mis propios pasos con la luz del farol que ilumina desde la calle. Los ecos resuenan en las paredes, como si la casa misma estuviera susurrando, tratando de advertirme. La madera de las escaleras cruje bajo mis pies, recordándome los años de abandono que ha sufrido este lugar.

Hay una sombra echada al final de la escalera. Una mancha. Un escalofrío recorre mi espalda, con cada paso por las escaleras, un silencio inquietante me envuelve. ¡Dios mío!, hay un cuerpo tendido en el suelo. Es delgado, ¡es una mujer!

Sus ojos manifiestan un terror fosilizado. Parecen archivar secretos, como si hubieran sido testigos de terribles sucesos. No me queda duda, es Elisa. He visto la foto tantas veces que sería difícil no reconocerla. Esto es terrible, ciertamente este hecho lo cambia todo. La única pieza necesaria para fundamentar la fase terminal de mi teoría ha desaparecido.

Una inspección más cercana revela algo debajo de la pierna de Elisa. Parecen pedazos de papel arrugados... es una carta. Como si se aferrara a ella en sus últimos momentos.

11 de agosto

Querido primo, espero poder estar todavía aquí para cuando vengas. Pero por si algo me pasa te escribo estas líneas. Como recordarás siempre he trabajado como doméstica. Nunca había tenido un incidente como el que sucedió el día primero de este mes. Por órdenes de la señora se me dio ese día libre. A la mañana siguiente, cuando regresé, la casa estaba llena de policías. Me enteré que la hijastra del patrón intentó robarle; ella acababa de salir de la cárcel. Durante el robo esta muchacha acabó muerta. Ni la patrona ni la policía supieron lo que pasó realmente y desconocen la identidad el asesino, pero yo sé quién es.

Al día siguiente, se me indicó limpiar la biblioteca, donde

sucedió el crimen. Al pasar el trapo entre manchas de sangre y marcas en las paredes se me revolvió el estómago, y descorrí las cortinas para abrir la ventana y tomar un poco de aire. En eso, cayó al piso un brazalete. En seguida la reconocí. Lo había visto una semana antes, en el cumpleaños del señor. Lo llevaba puesto una de las invitadas que me ayudó a levantar una charola que se me cayó por estar distraída. No sé su nombre, pero su cara la pudiera reconocer. Decidí no decir nada y abrí el broche para ponérmelo. Fue cuando descubrí que tenía un compartimento que guardaba una llave extraña. La dueña del brazalete pudiera ser la asesina de la joven Daniela. Y se lo enseñé a la patrona, mas no la llave. Dijo que debíamos decirle a la policía, pero me dio miedo. Más tarde la escuché hablar por teléfono con el señor Félix sobre el brazalete y decidí huir. Después me enteré que habían matado a ese señor. En ese momento recordé que el día de la fiesta había visto al señor Félix platicando con la mujer del brazalete. Yo podría ser la siguiente víctima. La llave la dejé en el buzón de la patrona junto con una carta. El brazalete lo mandé a la policía y me fui de la casa. El día de hoy me he enterado que la patrona es otra de las víctimas. Lamento no

La carta no está terminada. Lo que es seguro es que Serpiente existe, y todavía debo encontrarla, antes que ella a mí.
Algo extraño está pasando. Hay un ruido, viene del exterior. Son pisadas, como las que pueden oírse cuando alguien se mueve apresuradamente.
　　—¡Policía!, no se mueva. Las manos donde las pueda ver.

DÍA SEIS

1

13 de agosto.

Tras estas barras de hierro, se instala una mañana fría. El tiempo se estira. El mundo exterior sigue su curso, ajeno a mi existencia aislada, donde las paredes oscuras me comprimen en cautiverio con lenta indignación. Los pasos de los guardias resonaron impacientes toda la noche alimentando mi insomnio. Deseo que un día al despertar pueda olvidarlo todo y volver a perder la razón. Seguro ella sabe que ha ganado. Puedo imaginar las notas disonantes de su risa burlona que forma una melodía espeluznante. Esperando el momento para su último deleite. Me dejaste como la cereza del pastel. Me engañaste para jugar una partida arreglada y te serví en todos tus propósitos. Desde que abrí los ojos, ya estaba echado el brusco final del reflujo mi suerte. Pese a mis infructuosas tentativas, parecía que la verdad se iba desenvolviendo a medida que se abría la posibilidad, como si hubiera un futuro que me pudiese encajar, pero sin tu aprobación, nada puede constituir una diferencia. Así pasarán mis horas, como lo planeaste, en una celda. Tal vez sean mis últimas… o no. Eso… todavía no lo sé.

Aún me queda un día… o no. Esto… todavía no lo sé. Mi único triunfo sería verte a la cara y recordar todo nuestro pasado. Así podría morir en paz. Sabiendo que mi muerte fue un acto de venganza o al menos una ingeniosa cobardía. Lo cierto es que mi incriminación le ha abierto una oportunidad a Ricardo y le han puesto en libertad, por ahora. La Detective no ha obtenido respuesta alguna de mi parte, ni la tendrá. Ahí viene de nuevo.

—¿Y bien? Le he dejado la noche para pensar. Confesar y declararse culpable es su mejor opción, se lo aseguro.

—¿Cree que con eso puede intimidarme? Ya le he dicho que de todas formas voy a morir, está en la advertencia de la foto que le he mostrado mil veces.

—Tal vez comienzo a creer que usted efectivamente va a morir en una celda, pero por veredicto de un jurado. Su obstinación es su verdadero asesino.

—Sus comentarios impacientes son propios de la reacción requerida, pero innecesarios. No puedo confesar lo que no he hecho. Me han implicado injustamente.

—¿Injustamente?... Usted mintió a la autoridad, ocultó evidencia relacionada con el caso del señor Félix de la Garza y se guardó información relevante sobre el asesinato de la señora Victoria Álvarez, y por si eso fuera poco, encontramos sus huellas en el departamento del señor Félix y le encontramos junto al cuerpo de la señorita Elisa Arteaga. Tenemos una testigo que le vio escalar y entrar por la ventana del segundo piso.

—Estaba investigando. Mi vida corre peligro, ¿qué

quería que hiciera?

—Dejarlo en manos de la autoridad.

—¿Para qué? De todas formas, no iban a creerme; su incredulidad da forma a mi argumento.

—Usted basa su inocencia en un apodo, ni siquiera puede demostrar un nombre real al cual poder asociar una investigación.

—La caligrafía de la nota en la foto, es la misma que la de la carta del chantaje. Ambas fueron escritas por la misma persona. Además, las cartas de Victoria, la carta de Elisa, el testimonio del conserje de la penitenciaria, el mismo brazalete, todo es evidencia viva que sustenta la existencia de Serpiente. Como ya le he dicho; ella planeó el robo, traicionó a Daniela, chantajeó a Félix y para mantener en el anonimato su identidad, asesinó a todas las personas que pudieran reconocerle o aportar información que llevaran hasta ella.

—Lo siento, en verdad me gustaría creerle, su teoría me intriga, pero no se puede demostrar.

La Detective me mira en silencio durante largo rato, como compadeciéndose de mí. Sabe que no miento, pero no me puede ayudar. Entonces un cambio repentino en el aire me alerta de una presencia inesperada. La puerta oxidada cruje al abrirse y un abogado entra, porta un semblante enigmático pero familiar.

—¿Qué hace usted aquí? ¿Por qué le han dejado pasar?

—Este interrogatorio debe anularse por evidencia ineludible a favor de mi cliente. Estas son las grabaciones de la cámara de seguridad de la sucursal veintitrés del Banco del Centro, demuestran que mi cliente estaba en dicho establecimiento a la misma hora del crimen. Además, cuento con el testimonio del gerente de la sucursal y de su asistente que aseguran que mi cliente estuvo gran parte de la mañana con ellos. Reni, no debe usted contestar ninguna de sus preguntas. Nos vamos, el chofer de Ricardo nos espera.

—Un momento antes de irme… tengo unas palabras para la Detective; piense en mi teoría sobre la existencia de Serpiente.

—Ya no juegue más al detective Reni, pero si lo hace, le deseo buena suerte encontrando a su asesina.

—No se preocupe por eso, ella me encontrará a mí.

2

—Abogado, ¿cómo supo que necesitaba ayuda?
—Ricardo me llamó y me pidió que interviniera.
—Pero, aún no sé si tengo para pagarle sus honorarios.
—No se preocupe por ello, lo hará Ricardo.
—No comprendo.
—La carta del chantaje y las de Victoria que usted presentó a las autoridades, sirvieron para demostrar ante el fiscal que la teoría de asesinato motivado por la infidelidad que la detective presentó era imposible. Ricardo nunca supo de la infidelidad de Victoria hasta después de la muerte de Félix. Y las cartas sustentan esta afirmación. Además, no había evidencia suficiente que demostrara la implicación de él en el asesinato.
—Me gustaría darle las gracias a Ricardo.
—Y lo podrá hacer, en este momento el chofer nos lleva hasta donde está él.

3

—Quiero agradecerle por su oportuna intervención en mi asunto con la policía, señor Pastrana.

—Era lo propio, después de todo usted ayudó a que mi liberación fuera posible. Dígame una cosa, ¿en verdad cree usted en la existencia de esta persona a la que llaman Serpiente?

—Sin la menor duda. Elisa lo corrobora en su carta. Le vio el día de la fiesta del cumpleaños de usted y hablando con Félix.

—Elisa dejó una carta en la que asegura que vio a Serpiente el día de la fiesta del cumpleaños de usted, y hablando con Félix.

—Félix conocía mucha gente, en especial damas.

—¿Eran muy cercanos?, me refiero a Félix y usted.

—Imagínese, tanto que compartíamos la misma mujer. Que ironía.

—Pero es posible que usted haya visto a Serpiente en la fiesta.

—He estado meditando en esa fotografía que encontró en su departamento, pienso que la respuesta ha estado en ella todo el tiempo.

—Ya no queda a quién buscar, todas las personas que aparecen en la fotografía están muertas, solo falta usted. Este hecho le resta valor a la advertencia. Inclusive, desechando la idea de que el asesino sea una mujer, y de lo cual sé que así es.

—Se equivoca, la nota de la fotografía no me parece una aseveración infundada, si se afirma que el asesino aparece en la foto, así debe ser. Y si me permite el comentario, usted no ha estudiado la imagen a conciencia.

—Eche un vistazo usted mismo señor Ricardo y dígame: ¿Cuántas personas aparecen en ella?

—Somos cuatro: Victoria, Félix, Elisa al fondo y yo. Sin embargo, está presente una quinta que no se ve, pero se deduce en obviedad. Me refiero a la persona que tomó la fotografía. Está ahí en la escena, pero al ojo de la cámara no se ve.

—¡Es verdad! ¿Cómo no se me ocurrió antes? Un momento, esto quiere decir que usted debe saber quién es, ¡le miró de frente!

—Desafortunadamente ese día sentí que los tragos se lo cobraron más rápido que de costumbre, fue algo extraño.

—¿Usted se servía sus bebidas?

—No, habíamos contratado servicio de meseros. Pero recuerdo que Félix se mostró muy insistente en compartirme un añejo de exquisita antigüedad que había llevado para la ocasión. El caso es que para el momento en que se tomó la fotografía, yo ya no estaba muy perceptivo. Recuerdo vagamente a esa persona. Era una mujer de buena figura, pero su rostro me es difícil recordarlo.
No sé por qué, pero siento que algo cambio en la mirada de Ricardo de repente.

—¿Alguna idea de quien pudiera tratarse? Seguro era uno de los invitados.

— No, no estaba en la lista.

—¿Y cómo lo sabe?

—Porque su atuendo no convenía con el código de vestimenta explícito en las invitaciones. Ni siquiera llevaba un vestido. Lucía unos vaqueros tan ajustados que difícilmente alguien no los notaría.

—Si Félix la conocía, tal vez la invitó él.

—Es una posibilidad. Debe usted analizar de nuevo la fotografía, recorrer aspectos que los ojos aún no han contemplado.

Me acerco de nuevo a la fotografía, examinando detenidamente, tratando de descubrir detalles en la imagen que no hubiera notado antes.

—En el reflejo de las gafas de sol de Félix, vislumbro una muñeca adornada con un brazalete de una serpiente que se canibaliza a sí misma.

Sus escamas plateadas brillan bajo la luz del sol, como un enigmático compañero de mí al infierno. Después de todo la advertencia no miente, la asesina sí aparece en la foto; es quien tomó la fotografía. La serpiente enroscada teje un misterio sutil, insinuando secretos entre las capas del telón de la realidad, mientras que las lentes espejadas guardan fragmentos de historias aún por desplegarse sobre el último día de mi vida, esperándome en la siguiente página de esta novela.

—Ahí tiene la prueba de la existencia de la persona que busca.

—De la asesina.

—Es una posibilidad. Lo mejor será que vaya a la policía.

—No, la policía no me prestará atención hasta que me encuentre como una más de sus víctimas.

—La pregunta importante, y espero que ya se la haya formulado, ¿qué va a hacer cuando descubra a esta persona? ¿justicia por cuenta propia?, ¿la entregaría a las autoridades aun sabiendo que la Detective está recia a creer su teoría?

—No me he planteado realmente esta cuestión. Por el momento no sabría qué contestarle… Quizá deje que las cosas pasen como tengan que pasar.

—No le parece que esta persona, Serpiente, ha

dedicado muchas horas en preparar vuestro encuentro. Quizá debería llevar un arma.

—Hace poco adquirí una navaja de campamento. Me siento bien con ella. Algo más sofisticado no sabría usarlo.

—¿Y qué ha hecho para desatar la furia de Serpiente?

—Hasta el momento no le he dicho esto a nadie, pero no tengo ningún recuerdo desde hace seis días hacia atrás. Ni siquiera sé quién soy realmente. Simplemente me levanté aquel día y volví a nacer.

—Creo que esa es la esencia de este juego, por así decirlo. Usted no sabe quién es, pero Serpiente sí. Y esa es la mayor ventaja que ella tiene. Usted está inhábil de ver sus propias particularidades. Discúlpeme, pero a mi parecer camina a una cita a ciegas con la muerte.

—Pero conozco su sobrenombre y sé que estuvo en la cárcel, que conocía a Daniela y a Félix, que fue quien escribió la amenaza en la fotografía.

—Sólo son datos de un fantasma. Le ha hecho creer todo el tiempo que tenía a su alcance la respuesta a la identidad del asesino, y esa es la motivación que le ha llevado a cometer todos sus crímenes. Cada vez que usted pretendía subir un peldaño, ella quitaba esa posibilidad.

—¿En verdad cree usted que sea capaz de matar sólo por eso?

—Ha demostrado su peligrosidad cometiendo fechorías con gran facilidad, las víctimas no significan nada para ella, son instrumentos para mantenerle en el juego. Y no le importaría cometer otro asesinato más.

—Pero, ¿por qué no lo hizo desde el inicio?, ¿por qué darme siete días? ¿qué mensaje, qué lección hábilmente disfrazada pretende instruir?

—Para contestar sus preguntas, necesitaría estudiar

su pasado y a lo que dice, en el momento no es posible. Pero, no obstante, usted sabe quién es en estos últimos seis días, se ha forjado una identidad y se conoce, no tiene que ser la persona de antes, sea el usted del presente.

—¿Y qué ganaría con eso?

—Pensar y actuar de una manera distinta a como Serpiente espera que usted se comporte. Olvide intentar recordar qué relación tenía con ella, eso es lo que Serpiente espera. Trátela como una nueva amenaza.

—Tiene lógica.

—Lo que necesita en este momento es más información sobre ella. Como usted dice, sólo sabe que estuvo en la cárcel, que conocía a Daniela y a Félix, que apareció en mi casa el día de la fiesta, justamente una semana antes del robo. ¡Caramba!, no lo había relacionado.

—Seguramente fue para estudiar el lugar.

—Piense, dónde más pudiera conseguir datos sobre ella.

—¡La llave! Esta llave estaba en la caja de seguridad de su esposa. Resulta que Elisa encontró el brazalete en su biblioteca un día después del robo. Descubrió un compartimento donde Serpiente guardaba esta llave.

—Parece una llave de elevador.

—Eso mismo pensé yo y sé quién me puede ayudar a saber de dónde es.

DÍA SIETE

1

14 de agosto.

Al despertar de mi sueño, una inquietante aura me envuelve: el séptimo círculo del infierno. Almas atormentadas por pecados violentos vagan por el paisaje desolado. Fluye el río de sangre hirviente, los árboles retorcidos de suicidas tiemblan y el desierto de arena ardiente llama. Un reino de sombras, enigmático, donde el remordimiento resuena eternamente. Este debe ser mi hogar, este debe ser el castigo por mis pecados... aunque ya no los recuerde.

Serpiente ha abordado todas las posibilidades del juego con prontitud, y pese a esto, se ha mantenido visiblemente al margen. Pero se puede juzgar con facilidad que su esencia es incuestionable, está plasmada en todo el asunto.

No le falta terreno donde sembrar sus temores, y ha dejado la chispa necesaria de sospecha para socavar mi tranquilidad. Esta situación ha provocado que dejara de lado lo único que realmente importa: recuperar mi memoria. Me doy cuenta que a medida que pasaban los días ella me apartaba de dedicar a resolver el problema de fondo, quería que ocupara mi mente en descubrir su identidad en el presente en vez de combatir mi amnesia. Sabe que, si recupero mi memoria, le reconocería.

Me hubiera gustado, por la mera belleza de la ironía que abarca, haber recordado solamente a ella, derrotarle con la misma consonancia de genialidad vertida en su contra. Y ahora me veo en tormento por la incertidumbre de este último día. ¿A qué hora y dónde cumplirá su promesa?

Pero por el momento me he dicho que este día será como tiene que ser. Absolutamente no sé si será agitado, llevadero, agradable con descontento o mesuradamente correcto.

Ha llegado el instante de encontrar algo de satisfacción en este embrollo, de derribar lo insoportable y ordinario del yo interno. Con esta disposición de ánimo me entrego convenientemente a este día, sin placer, sin dolor. Con experiencia de infante e inocencia de viejo. Con el alma callada, tranquila, mediocre y anestesiada… Así despierto en el séptimo día en el infierno.

2

Otra vez, de vuelta al periódico, necesito saber de dónde es la llave y creo que Paula me puede ayudar.

Las calles concurridas. El bullicio de la gente y el ruido de los automóviles se mezclan con furia en el ambiente urbano.

Alrededor del monumento a la Revolución hay dos personas sentadas en una banca sin mirarse. Y en la terraza de un Starbucks, otras, en la misma mesa, no cruzan palabras. Son devotos de la Sagrada Pantalla. Y el panorama es desalentador; la soledad se vuelve una constante, a pesar de estar supuestamente conectados. Nos convertimos en meros espectadores de las vidas de los demás, incapaces de experimentar el mundo real con nuestros propios sentidos. Pero no me debería importar más, después de todo hoy voy a morir.

En este momento cualquier rostro me resulta amenazador. Serpiente pudiera ser la cajera de esa Coppel, uno de los rostros que miran tras el cristal de la estética, esa indigente que pide unas monedas, o aquella señorita vestida de ejecutiva de banco. Cualquiera de ellas podría estar saboreando mi muerte. Una sombra parece desvanecerse en los recovecos oscuros de un callejón cercano. La sensación de que alguien me sigue resuena como una melodía discordante en mi mente. ¿De dónde salió?, ¿me habrá estado observando todo el tiempo? Mi pulso se acelera junto con mis pasos. Pero sin importar cuánto me esfuerce, la sombra sigue apareciendo en cada esquina, siempre un paso detrás de mí. Veo su reflejo en el cristal de un auto, es una mujer.

Sigue detrás de mí, siento su mirada penetrante

En la esquina observo la pequeña tienda amarilla y roja. Quizá aquí me pueda esconder, pasando por un cliente cualquiera.

La cola para pagar es larga y no entiendo por qué si hay tres cajas solo atienden en una. Pero bueno, esto me favorece; mientras más gente esté dentro mejor. Desde el final de la fila puedo ver el exterior a través de la ventana. Ahí viene. Sigue caminando de frente, con actitud decisiva. Ya está cerca de la puerta. Se detiene, un taxi estaciona junto a ella, sube al asiento del pasajero y el auto arranca.

¿Y si todo esto es totalmente incidental? ¿Un sofisma? ¿Un absurdo de imaginación desbocada? Lo cierto es que Serpiente me está empujando a la locura. No puedo distraerme en detectar fuerzas del mal en cada esquina, no puedo permitirme un ataque de pánico; tengo el tiempo en contra.

Por ahora seguiré mi camino hacia las oficinas de periódico, esta llave es lo único con lo que cuento. Debo tener la certeza de qué es lo que abre. Quizá ella me salve.

3

Me da gusto volver a ver a Paula. Después de todo, es la única persona que ha mostrado un poco de afecto hacia mí, tiene el cariño de una madre. Aunque no me guste tengo que mentirle.

—Hola Paula.

—¡Reni! Qué sorpresa. ¿Qué te trae por aquí?

—Vine a saludarte y a enseñarte esto.

—Parece una llave del elevador. A ver, me pongo los anteojos… sí, es como la que Félix había perdido. Reni, ¿fuiste tú quien la tomó?, deberías avergonzarte por completo.

—No, estaba en mi casillero.

—Creo que estás empezando a sentir remordimiento, eso es lo que pasa.

—Si de algo soy culpable es de no haber dicho nada en el momento. Cuando me llevé mis cosas, el día que me despidieron, la encontré.

—Está bien, lo importante es que estás haciendo lo correcto. Pero no es a mí a quien tienes que entregarla.

—Estaba pensando dejarla con Julia. Martita no me creería, además me daría un sermón sobre la integridad y sensatez de las personas y el propio modo de encarar las responsabilidades.

—En eso tienes razón Reni. Pasa, ya sabes el

camino.

Necesito encontrar una forma de entrar a este lugar por la noche, según recuerdo la tabla de los horarios laborales, la redacción cierra a las veinte horas y manda el archivo final al departamento de impresión. Ellos comienzan a imprimir desde esa hora y terminan hasta las cinco de la mañana.
Por la entrada principal sería complicado pasar, hay guardias las veinticuatro horas, pero la puerta lateral la cierra Paula a las nueve de la noche, cuando termina de limpiar las oficinas. Debo conseguir esa llave… ¡El llavero de Félix! Cuando registré el cajón de su escritorio había un manojo con muchas llaves, seguramente una de esas corresponde con la puerta lateral… o no. Eso… todavía no lo sé.
Espero que aún no hayan desocupado su oficina. Iré a visitar a Julia, para que Paula no sospeche nada y para preguntarle por las pertenecías de Félix.
Y de nuevo al elevador. Algo en mí mantenía la firme certidumbre de que aún no me libraría de viajar en él. Ruge más fuerte de lo que recordaba, será porque no hay nadie más aquí conmigo. Puedo sentir su agitación con mi mano a través de sus paredes, parece cansado. Lo peor es cuando se detiene; se sacude de repente, como si quisiera deshacerse de lo que lleva dentro.

—Hola Julia, ¿cómo estás?
—Reni, no te vas a morir pronto.
—¿Cómo dices?
—Es que estaba pensando en ti y en eso apareces.

—Sigo sin entender.

—Es por lo que dicen de la telepatía... que, si estás pensando en una persona y de pronto se aparece, le alargas la vida.

—Nunca lo había escuchado, aunque en este momento me gustaría creer en eso. ¿Y por qué estabas pensando en mí?

—Por el nuevo repartidor. No da una el tipo. Confunde la correspondencia entre departamentos. Y ayer metió la pata grueso, entregó tarde un paquete para el jefe y casi lo corre.

—Veo que la oficina de Félix sigue intacta.

—Sí, el jefe no ha querido que nadie entre ni mueva nada de ahí dentro. Le ha pesado mucho la muerte de su hijo. Por cierto, te tengo que contar un chisme buenísimo de Pedro el de compras. Pero espérame un minuto, ando vuelta loca, el elevador de servicio se descompuso y acaba de llegar la persona del servicio de reparación.

—¿Ese elevador llega a todos los pisos?

—Sí, es el de carga.

—Nunca lo había visto.

—Es que la entrada a él es por la bodega. Ahorita vengo.

Estoy frente a la oficina de mi jefe fallecido y solo tengo unos minutos para entrar por las llaves. La puerta cerrada pareciera una barrera impenetrable pero estos picaportes se pueden abrir fácilmente con una tarjeta, y esta que me dio el abogado se ofrece a mis propósitos... ya está. Lo bueno es que sé exactamente dónde buscar.

La soledad de la habitación me envuelve en el reino de los ausentes. En el cajón de su escritorio encuentro el manojo de llaves, como esperaba. A los muertos y a sus cosas hay que dejarlos descansar, pero si no me las llevo pronto seré parte de ellos. Ahora a salir de aquí.

4

Me encuentro frente a la catedral, su fachada se eleva como un antiguo guardián. Los ornamentos tallados tejen historias, y las torres perforan el cielo, como dedos que alcanzan lo divino. Su estructura exhala un aura mística, atrayéndome a su abrazo. En estos siete días, bajo la imposibilidad de no pensar que la muerte me persigue, nunca había contemplado entrar en una iglesia. Creo que he venido a reconciliarme con lo inminente; a prepararme para mi muerte. Nadie nota mi presencia al entrar, las personas se encuentran en un profundo estado de oración. Quizá piden por sus seres queridos, para lograr perdonar o para ser perdonados, para agradecer o para tratar de entender el misterio de la muerte.

Confieso que al principio me sentía vulgar, como si fuera mi presencia entre esta gente fuera un engaño, pero solo quiero despedirme.

Las campanas suenan. Mientras observo, una procesión sombría se acerca a la entrada de la iglesia. Personas vestidas de negro llevan un ataúd con solemne reverencia. El aire se impregna de dolor, y el sonido de sollozos apagados reverbera como un eco en la quietud. Siento una conexión inexplicable con la escena, como si el tiempo mismo se detuviera y todos estuviéramos conectados en una trama de momentos fugaces. Me pregunto si será ese mi ataúd que me espera.

—¿Se encuentra usted bien?

La pregunta del sacerdote me toma por sorpresa.

—Pensaba en la muerte. Me preguntaba qué es lo que sucede cuando uno muere.

—¿Es creyente?

—No lo sé Padre.

—Los que abrazamos la fe creemos con firmeza que Cristo ha resucitado verdaderamente de entre los muertos, y que vive para siempre, igualmente los justos después de su muerte vivirán para siempre con Cristo resucitado.

—¿Se refiere ir al cielo?

—Así es, aunque no todas las almas van de inmediato al cielo. La mayoría pasa primero por el purgatorio, y muchas otras van directo al lugar del castigo de donde ya no pueden salir.

—¿Qué seguridad hay de eso?

—Ese es un tema que merecería un tratamiento más profundo. Los creyentes no necesitamos de evidencias ya que la fe nos basta, pero, para tu responder a tu inquietud lo he podido constatar en los muchos casos de exorcismos que he llevado a cabo.

—¿Y qué es el purgatorio?

—Lo primero que hay que mencionar, es que hay pasajes bíblicos que hablan muy claramente sobre la realidad del purgatorio. El purgatorio es un lugar donde las almas viven un período intermedio para expiar sus pecados. Las penas que se sufren son similares a las del infierno, pero no son eternas y purifican porque la persona no está empedernida en una opción por el mal. Por eso, el

Purgatorio es la purificación final de los elegidos, la última etapa de la santificación.

—¿Es una especie de castigo?

—Digamos que uno se arrepiente del mal realizado al sentir uno mismo el mal que hizo. Como una serpiente que se come su propia cola.

—O sea que, si yo le hice mal a alguien, en el purgatorio sentiría lo que esta persona sintió cuando la ofendí. Como si uno mismo fuera su propio verdugo.

—Es una forma de decirlo.

—Me tengo que ir, pero gracias Padre.

—Vaya con Dios.

Ya casi oscurece, será mejor que descanse un poco en el departamento antes de regresar al periódico.

5

Quizá nunca más ponga pie en este apartamento. No es que lo haya encontrado fascinante, pero es mi propia versión de normalidad, mi refugio. Había planeado dedicar tiempo para ordenarlo, pero ni siquiera eso he logrado; he pasado más tiempo fuera que dentro últimamente.

¿Qué significa esto? Un cigarrillo yace abandonado en el suelo, justo en el umbral de la entrada. La puerta está entreabierta, dejando pasar una débil luz que se cuela por el pasillo. Un escalofrío me recorre mientras me inclino para colocar mi oído en la rendija. Distintos sonidos llegan a mis oídos, apenas perceptibles pero inquietantes.

Con paso cauteloso me adentro en las sombras de mi propio hogar. Al acercarme a la cocina, mis ojos se encuentran con una figura de espaldas. Una silueta oscura, apenas iluminada por la luz que se filtra desde la ventana. Un nudo se forma en mi garganta mientras contengo la respiración, tratando de discernir quién o qué se encuentra allí. Me armo de valor y con uno de los cuchillos de la cocina, con el que fileteé a Félix.

—¿Quién demonios eres?

—Perdón, soy repartidor, traigo un pedido para Reni Tepes.

—¿Cómo entraste?

—La puerta estaba abierta. Por favor no me haga

nada.

—Eso no te justifica.

—Sé que hice mal pero no tengo mala intención, no quise dejar las cosas afuera. La otra vez yo tuve que pagarlas. —Yo no he ordenado nada.

—Le puedo enseñar el pedido en mi celular. Es mi dirección y viene a mi nombre.

—Váyase, le digo que yo no lo pedí.

—Sí, claro, como guste. Ya está pagado. Lo dejé en la mesa de la cocina.

Es un seis de cerveza indio y una pizza. Es de tomate, mozzarella, albahaca fresca, sal y aceite; margarita, justo como yo la hubiera ordenado. Está jugando conmigo de nuevo, una última advertencia que sigo bajo su mirada. Es evidente, ella y yo tenemos un pasado, conoce todo sobre mí. Después de todo fue ella quien dejó la fotografía para mí, pero ya no hace falta llevarla conmigo, mejor la regreso al espejo donde la encontré, si algo me sucede quiero poner de manifiesto que todo ha pasado a causa de ella.

Mientras miro por la ventana, una inquietante sensación eriza mi piel. Las sombras afuera parecen moverse y contorsionarse, dejándome con una inexplicable sensación de estar bajo la mirada de Serpiente. Mi corazón palpita con inquietud y lucho por sacudirme la presencia espeluznante que acecha más allá del vidrio, un silente observador en la noche. Me acerco a la ventana, la atraco con un desarmador y suavemente bajo las persianas. Necesito descansar, será mejor que duerma un poco.

6

Aquí dentro la noche se siente como una sombra hambrienta, defectuosa, incomprensible, opresiva. Es en esta oscuridad que los temores se despiertan, los demonios internos encuentran su voz y las pesadillas adquieren vida. Aunque en cierto sentido el tiempo me ha permitido acostumbrarme a su bruma de silencio y misterio. Me he vuelto parte de su crápula nocturna.

Afuera, el viento susurra tranquilas melodías, arrastrando consigo ecos de oscuros secretos. La belleza y el horror se entrelazan en un abrazo macabro.

Una luz débil apenas logra perforar el espeso manto de negrura, se filtra por las rendijas de las persianas, ilumina mi rostro. Me muestra que ha llegado la hora. Nueve en punto. Puedo escuchar el chirrido agudo del taxi que frena afuera, en la calle. Para mi sorpresa el conductor llegó a tiempo. Ya me había cansado de dar vueltas en la cama imaginando el rostro siniestro de Serpiente. Es una sombra que enturbia mi tranquilidad, necesito salir de este purgatorio.

Me quedan tres horas para que llegue la media noche, antes de que haga efectiva su sentencia. Con certeza, en su pensamiento apabullante de medidas prácticas, tiene la ostentación de pensar que mis deducciones son nulas y no sospecha que poseo el secreto de su brazalete. Su seguridad está a punto de desaparecer... o no. Eso... todavía no lo sé.

Nunca me había subido al taxi de una mujer. Me parece que el trayecto ha durado un poco más de lo previsto, no contaba con tanto tráfico. Qué extraño, no ha dicho ni una palabra, se ha limitado a apretar los labios con obstinación en el espejo repasando el color de su labial.

No me ufano de juzgar certeramente a primera vista, pero parece dominada por una emoción violenta. Tiene los brazos rígidos y el derecho le tiembla por instantes. Sus insistentes miradas por el retrovisor han cambiado algo indefinible en el ambiente. ¿Será parte del juego? Su presencia me infunde inseguridad.

—¿Le pasa algo señorita?

—Qué... ¿nota algo?

—Se le ve molesta.

—Y cómo no habría de estarlo, si acabo de dejar una fulana en el domicilio de mi novio. ¿Usted no lo estaría?

—Supongo que...

—Dos años juntos, dos años y quién sabe cuántos lleve con esa pinche vieja.

—Quizá sea una amiga, o una compañera del trabajo.

—¡No se ponga de su parte!

—No, no lo hago...bueno, yo... lo siento.

—¿Qué es lo que siente, pena?, ¿es eso?, ¿siente

lástima porque soy mujer? Debería estar de mi lado.

—Usted no entiende no quise decir eso, yo…

—¿Sabe qué?, bájese… ¡rápido!

Vaya mundo, ya no se puede sentir empatía por alguien. Con razón el tipo ya se buscó otra. Y yo pensando que ella podría estar de parte de Serpiente. Un momento, ¡el cuchillo!... lo he dejado en el departamento. Estos pensamientos de sospechas y pesares inútiles sólo entorpecen mis facultades y mis propósitos. Debería de haber repasado mi plan en el taxi.

Desde aquí el edificio del periódico se ve solitario. Su sombra se extiende oscureciendo el resto de la calle, como si vistiera de luto.

Camino por las calles desoladas, su silencio abandonado hace eco de mi destierro. La poca gente que veo camina con la cabeza hundida pero atenta para todos lados. Al cruzarse se miran de soslayo, como si el otro fuera el enemigo en espera de una oportunidad. Si supieran que una verdadera asesina pudiera estar observándoles en este mismo momento.

Las luces de la calle proyectan sombras alargadas y el leve murmullo del tráfico distante amplifica el vacío. Sigo avanzando como un ente solitario en la noche hasta llegar a la puerta lateral del edificio. Pruebo cada una de las llaves que tomé de la oficina de Félix hasta dar con la correcta. Me duelen mis dedos al jalar, las bisagras crujen.

La bodega debe de estar al fondo del pasillo. Este es el sitio de Paula y aquí mi antiguo lugar. No lo extraño, pero quién sabe realmente cuánto tiempo trabajé aquí.

Empiezo a recordar. Ese sonido... son las máquinas de la imprenta trabajando sin descanso. Los impresores estarán demasiado ocupados, difícilmente se moverán de ahí hasta que den las cuatro o cinco de la mañana. Puedo actuar con libertad ... o no. Eso... todavía no lo sé.

Mis pasos resuenan en el silencio mientras me acerco al ascensor, una reliquia antigua y tétrica que aguarda su turno en la penumbra del pasillo. En lugar de una puerta de aluminio tiene una obscura reja de metal dispuesta a devorar toda luz. En su diseño resaltan figuras góticas retorcidas, expresiones prudentes de dolor. Se abre lentamente, como si tuviera una voluntad propia y se resistiera a dejarme entrar. El suelo, cubierto de madera descolorida y agrietada, con marcas de arañazos cruje bajo cada uno de mis pasos. Sus tablas se resisten a soportar el peso de la intrusión.

Una luz mortecina parpadea en el enrejado del techo, creando sombras inquietantes que se mueven al ritmo incierto de su resplandor.

En lugar de botones numerados el ascensor es controlado por una palanca con inscripciones borrosas que parecen esconder secretos del tiempo. La llave debe de entrar en este orificio. El sonido de arranque es grave y discordante, resuena como un lamento en el espacio claustrofóbico. Su movimiento es lento, salta y se sacude con cada piso, enganchando los ojos a los cables que lo sostiene, que parecen enormes serpientes al asecho, luchando contra fuerzas invisibles que buscan retenerlo. Sus sombras alargadas suben por la pared acompañando mi trayecto. En un vidrio de las paredes veo mi reflejo distorsionado, como si el propio elevador quisiera deformar mi imagen y hacerme dudar de mi cordura para detenerme. Una sensación de aislamiento me envuelve, pensando que el elevador de carga se ha convertido en una tumba vertical de la que no podré escapar.

Con un estremecimiento final llega a mi destino. La reja se abre con un gemido metálico.

He llegado al último piso. Es un corredor en forma de L. En la mitad del pasillo hay una puerta, la única. Al fondo, dando la vuelta está el otro elevador, el de siempre. Y como suponía; no hay escaleras que lleguen hasta este nivel.

La puerta está cerrada. Pero tengo el manojo de llaves de Félix. Con una mezcla de curiosidad y aprensión, empujo la pesada puerta de madera y entro. La penumbra envuelve todo a mi alrededor, y el aire rancio impregna mis pulmones, pero aquí está el interruptor. La bombilla parpadea...

El débil resplandor de la lámpara suspendida del techo apenas logra iluminar el vasto espacio. En este cuarto el tiempo se detuvo hace décadas.

Y allí está, en medio del suelo desgastado, una caja de madera, silenciosa e intrigante. Su presencia se impone en este cuarto desolado. La luz de la lámpara, como luna en esta bóveda de concreto, descarga ese nombre lo había olvidado por completo sobre la tapa pulida. Un escalofrío me recorre al ver la inscripción que está en ella. La caligrafía es elegante y enigmática, igual a la que aparece en la foto. En su superficie se puede leer: Ester Pine. Ese nombre lo había olvidado por completo, ¡cómo no hice la conexión antes!, debe ser el verdadero nombre de Serpiente.

Su contenido despierta mi asombro. Hay cartas, documentos, dinero, joyas y un arma de fuego. Pero no tiene cartucho. Escucho un ruido, y ahora se ha repetido. Es un crujido y viene del otro lado de la puerta. Pero es imposible, aquí solo estoy yo, con mis pensamientos. Solo hay una salida hacia el exterior. No hay ventanas, y las paredes con su blanco inmaculado parecen cerrarse sobre mí.

Mi mano tiembla mientras tomo el picaporte de la puerta. Está todo muy callado del otro lado, excepto por el rechinido de las bisagras que resuenan en el vacío.

La sombra de mi cabeza se desliza por el suelo quebradizo, como un fantasma naciente. Creo que la tensión ha agudizado mis sentidos. Algo ocurre dentro de mí, algo que no puedo recordar, algo que me hace querer escapar de este lugar. Aun así, debo ir a ver. Mis pasos apenas son audibles, mas no para las sombras del pasillo. El sudor se desliza por mi frente mientras mi corazón late con arrebato, temo encontrarme con los ojos de un desconocido. El crujido, se vuelve a escuchar y esta vez con claridad. El elevador de carga se ha puesto en marcha. Debo ir por la caja.

Giro el picaporte, pero la puerta se mantiene firme, inamovible. ¿Y las llaves?, las dejé adentro. No sé si es mi imaginación, pero parece que ahora el elevador sube más rápido. Tengo que abrir la puerta a como dé lugar. Aquí hay un trapeador y tiene atado un alambre en el mango.

Intentaré abrir la cerradura con él. El sonido se intensifica, el ruido es inconfundible; puedo escuchar el crujir de los últimos tirones de los cables. No voltees para atrás Reni, no voltees, concéntrate. Mientras mis manos se mueven con rapidez, mis ojos se fijan en la puerta del elevador. ¡La abrí!
La caja está muy pesada y debo llevarla hasta el otro elevador. Mis pies se deslizan con lentitud. Mis pensamientos se aceleran y la adrenalina se apodera de mí. Mejor la arrastro. Mientras presiono el botón para que el elevador suba veo una sombra moverse en el pasillo. ¡Ya viene por mí!
Vamos, vamos, sube rápido. Ya va en el quinto piso, solo uno más. ¡Finalmente llega!
Una vez dentro la puerta se cierra, y aunque deteste los elevadores por primera vez siento tranquilidad dentro de un elevador.
¿Y ahora qué pasa?... El botón que da con la planta baja no funciona. La llave... debe usarse también para bajar.
Por fin en movimiento. Llegaré en unos segundos y debo pensar en cómo salir del edificio. El guardia de la entrada principal será un problema, desde su lugar podrá verme. En cuanto se abran las puertas debo ir hacia la entrada lateral. Si tuviera el carrito de la correspondencia me ayudaría a movilizar la caja
¿Y ese ruido?... ¿qué está pasando?... ¡El elevador se ha detenido de golpe en el segundo piso!
Los botones no responden. Un abrazo sofocante me aprisiona en este pequeño espacio. El piso se mueve, no tengo equilibrio. Mis manos sudorosas se aferran al

barandal metálico. Estoy perdiendo el sentido de la realidad.

Busco desesperadamente una fuente de aire, pero no hay conductos en este ascensor estrecho y frío. Instintivamente, saco mi teléfono celular del bolsillo con la esperanza de encontrar una señal que me conecte con el mundo exterior. Sin embargo, la pantalla muestra solo una franja vacía, un recordatorio visual de mi aislamiento. Lo muevo por todo el sitio, como rogando por un milagro, pero mi teléfono permanece mudo, incapaz de transmitir mis súplicas de auxilio.

El reloj casi marca las doce, las paredes del ascensor parecen cerrarse cada vez más. Necesito calmarme.

Si esto lo ha provocado Serpiente, es para llevarme al borde de la locura. Debe saber la magnitud de horror que me provocan los elevadores. Su interés personal en el asunto pesa mucho.

En la distancia, escucho un sonido, puedo distinguir con claridad que son pasos. Lentos, cadenciosos, agudos. Como los de agujas de tacones que se imponen en el suelo y dejan un eco tras de ellos. Resuena la última pisada. Alguien se ha detenido del otro lado de la puerta. Parece que Serpiente seguirá al pie de la letra su advertencia.

¿Por qué no dice nada?, quizá espera que yo diga algo. Su silencio encamina a algo más profundo... o no. Eso... todavía no lo sé.

Ahora llega a mis oídos un rechinido escalofriante, metálico, como si raspara la puerta con algo afilado y el eco de las articulaciones del elevador protestara adolorido, exudando una súplica muda.

—Hola querida Reni, ¿qué tan cómoda te sientes ahí dentro? Te aseguro que es mejor comparado con un cuarto de prisión.

Es una mujer. Su voz… la he escuchado antes.

—Contesta, aún no has muerto.

El aún no lo ha pronunciado con un acento proféticamente macabro.

—Veo que tu silencio deriva de tu aflicción, pero es inútil implorar por una situación más atenuante. Llevas siete días disfrutando de absoluta impunidad, es momento de afrontar las consecuencias.

—¿Qué es lo que he hecho para tener que pagar por ello?

—Hay riesgos que provocamos nosotros mismos con nuestro comportamiento. Haciendo trabajar el cerebro se puede llegar a esclarecer cualquier problema mental en el que se esconde un crimen, sería inútil intentar atenuarlos con una negación.

—Yo no recuerdo nada.

—Qué conveniente. ¿Quién, entonces, podría poner en duda tu conducta, quién te reprocharía tus tristes facultades del espíritu, tus horas contemplativas de negra divinidad, ocupaciones en las que gastabas en exceso tus energías desperdiciadas de vida y relajamiento moral?

—Sigo sin saber de qué hablas… Yo ni sé quién eres en realidad.

— Oh, sí que lo sabes. ¿No reconoces mi voz?

—Eres Serpiente.

—Serpiente… Deja te cuento su historia.

7

Serpiente trabajaba en la fábrica de cajas fuertes Global Safe. Se encargaba de asistir a los clientes que olvidaban la combinación. Mentiría si te digo que no tenía un talento natural para ello; no había cerraduras mecánicas o digitales que no pudiera abrir. Su vida sucedía como la de cualquier mujer contemporánea: vivía tranquilamente para sí, con proyectos, sueños, esperanzas en el futuro, pero también con angustias y miedos. Era poco sociable; disfrutaba de la prosa exquisita y narrativa meticulosa de los antiguos dramaturgos más que ir a un salón de baile. Y siempre se consideró algo sombría, pero no huérfana de valores morales. Creía en la honestidad y la honradez como los dos pilares de un alma noble. Sin embargo, para la sociedad, la naturaleza y el mundo, son dos defectos incapaces de pasarse por alto. Simplemente no se perdonan.
Y un día que había transcurrido como cualquiera en el trabajo, fue enviada para abrir la caja fuerte en la residencia de un matrimonio adinerado. No hacía mucho que habían adquirido la caja y como suele suceder con las parejas mayores en edad, habían apuntado la combinación en una libreta en lugar de memorizarla. Al poco tiempo el cuadernillo se perdió. No estando al tanto de las negras e invisibles intenciones de quienes les rodeaban, una de las criadas había encontrado accidentalmente el apunte y lo

hizo desaparecer para después sacar provecho de esa generosidad involuntaria que se le presentaba. Y a la primera oportunidad en que se encontró sola en la casa, abrió la caja y tomó un fajo del montón de billetes, pensando en que pasaría tiempo para que pudieran volver a abrirla. Pero ella no estaba al tanto del servicio que prestaba la habilidad de Serpiente y cuando se enteró de su visita, ideó un plan. Esperó la oportunidad y cuando Serpiente se distrajo por un momento, hábilmente echo el manojo de efectivo dentro del bolso de herramientas de ella. Con un susurro cargado de maldad, advirtió su fingido descubrimiento al oído de su patrona, y fue así que le cargaron la culpa a Serpiente. Con toda la evidencia en su contra y sin testigos que pudieran apoyar su testimonio, fue declarada culpable y enviada a prisión.

Se sintió descorazonada, y su ánimo, llevadero por una vida sin afectos y anhelos se volvió estéril y mohoso. Se hizo amiga de la oscuridad, vulnerable de acobijar hasta lo más superficial de cualquier idea rancia que se le presentara y que pudiera alimentar su fiero afán de venganza. Entonces conoció a Daniela y ella no tardó en reconocer en Serpiente los síntomas ingénitos y tendenciosos a acciones descarriadas. Y encendió en ella un entusiasmo por hacer polvo esta vida degradada y sujeta a normas regidas por una sociedad absurda y adormecida de verdad y justicia.

Pero Daniela también tenía cuentas pendientes con la vida. Había sido víctima de una calamidad individual e inesperada; la muerte de su madre y el secreto de la infidelidad de su padrastro bastaron para alimentar su viciado odio por el mundo y los seres humanos. Con la llegada de Serpiente a la penitenciaría, Daniela vio una oportunidad para salir de su mutismo con un plan que daría un nuevo sentido no sólo a su vida, sino también a la de su nueva amiga, a quien le abrió los ojos de golpe, y ahogó la poca bondad que le quedaba.

La idea de Daniela consistía en robar la caja fuerte de su padrastro, y la habilidad de Serpiente para descifrar combinaciones le pareció el elemento indicado para elevar el crimen a obra de arte. Ya que ella asumía que su padrastro, para ese entonces, habría cambiado la combinación. La condena de Daniela terminaba dos meses después de la de Serpiente, y este hecho era fundamental para que no se sospechara de ella. Serpiente sería el instrumento con el que pudiera orquestar todo su plan desde una celda. Pero Serpiente todavía no estaba lista para sus propósitos, tenía que pasar por el infierno.

Durante el tiempo que estuvo en prisión fue víctima de toda clase de abusos. Y Daniela le enseñó a contener su orgullo, a ocultar sus sentimientos frente a peligrosas situaciones e impresiones fuertes, a tener que quitar una vida para conservar la propia y sin remordimiento. La convirtió en una bestia despiadada. Su nueva conciencia ahora habitaba en un mundo desordenado y lícito. Cada noche al levantar la vista y contemplar las cuatro paredes de su celda se repetía a sí misma en voz baja la palabra que daría vida a su personaje, hasta que se convirtió en ella.

Poco a poco, Serpiente y Daniela fueron afianzando su dominio en la prisión, extendiendo su influencia sobre los negocios clandestinos y eliminando a cualquiera que se interpusiera en su camino. Con astucia y brutalidad, consolidaron su poder, ganándose el respeto y el temor de las demás reclusas y hasta de los guardias. Su autoridad se extendía por cada rincón, haciendo que los prisioneros se sometieran a sus órdenes sin cuestionarlas, sabiendo que desafiarlas sería arriesgar la propia vida. Pero nadie conocía el verdadero rostro de Serpiente, era un eco que se arrastraba

por los oídos de toda la penitenciaria. Se había convertido en una sombra, en un mito que inspiraba terror. Era el arma secreta de Daniela que actuaba en anonimato y que le permitía entregarse a sus caprichos con perfecto abandono. Pasaron los meses y por fin se llegó el tiempo en que la condena de Serpiente terminaba. Salió de la prisión con una personalidad renovada y dispuesta a continuar con su plan. El primer paso era lograr conseguir un puesto en el departamento de mensajería en uno de los diarios más importantes de la ciudad: El vigilante. En ese lugar trabajaba Félix, hijo del dueño e íntimo amigo de Ricardo, el padrastro de Daniela. Ella sabía, porque los había visto, que Félix mantenía una relación amorosa con Victoria, la esposa de Ricardo. Este hecho era el pilar de su fechoría.

Una vez que consiguió el empleo como la repartidora de la correspondencia interna, y esto debido a que el jefe de recursos humanos había sido amante de Daniela, tenía que reunir evidencia suficiente para demostrar el adulterio de Victoria y así obligar a Félix a que jugara su parte en los propósitos de sus planes. Con el control de la correspondencia a su cargo, le fue fácil interceptar las cartas que Victoria dejaba para Félix en el buzón de la compañía.

Ya satisfecha con la evidencia que había reunido, Serpiente desafió a Félix. Él se dio cuenta de la vehemencia que embargaba la oportunidad de haber descubierto su secreto y empujado por las dudas ante los posibles riesgos, no puso en duda la amenaza y aceptó su participación en el plan.

Su función era muy sencilla, tenía que facilitar el ingreso de Serpiente a la caja fuerte. Para esto convencería a Victoria de que su próximo encuentro amoroso se llevara a cabo en la residencia de esta. A Elisa, la criada, se le daría el día libre y Félix dejaría todo dispuesto para que Serpiente pudiera entrar sin contratiempos a hacer lo suyo. A cambio él recibiría toda la evidencia que se había reunido sobre su amorío con Victoria. Un trato justo en su pobre imaginación, ya que Daniela no estaba dispuesta a jugar limpio con él para que siguiera satisfaciendo los placeres de su madrastra. Tenía que vengar la participación de esta en la infidelidad de Ricardo para con su madre. Una vez vaciada la caja fuerte, Serpiente dejaría dentro copia de las cartas y de los anuncios de clasificados para que Ricardo las encontrara. A veces Daniela hacía sentir que su perversidad superaba a la de su amiga.

Pero Serpiente necesitaba tomar sus propias precauciones, no podía dejar desamparado su talento exponiéndolo en un único encuentro con la caja. Primero debía conocer la naturaleza de esta.

La oportunidad se presentó en el cumpleaños de Ricardo, justamente una semana antes del día designado para el robo. El padrastro de Daniela ofreció una comida para celebrar su onomástico. Como era de esperarse Félix fue uno de los invitados. Durante la fiesta, fingió recibir una llamada de Serpiente solicitando su firma sobre un documento que con urgencia debería enviarse. Y para que Félix no tuviera que salir de la fiesta a consecuencia de la noticia, le pidió a Ricardo prestada su biblioteca para recibir y firmar los papeles. En dicho lugar se encuentra la caja fuerte. Para asegurarse de que Serpiente tuviera oportunidad de encontrar la ubicación de la caja y explorar su mecanismo con tranquilidad, Félix agregó un ligero somnífero a los tragos de Ricardo, así la noción del tiempo para él fluyó con cierta vaguedad.

Todo sucedió tal cual, y como lo habían planeado, sin ninguna decepción, pero hubo un incidente que lo cambió todo y con consecuencias acumulativas.

Al cabo de media hora de haber entrado en la biblioteca, Félix y Serpiente salieron con dirección hacia el jardín, donde sucedía la fiesta. Y en seguida se toparon con Victoria. Los celos de ella por Félix le provocaban una ansiedad interminable y su comportamiento no estaba acostumbrado a esperar el momento oportuno para manifestarse, y en cuanto les vio juntos salir de la casa, dio un claro ejemplo de esto. Félix trató de calmarla explicando que era un asunto de trabajo, pero las palabras de ella en circunstancias como esa, rara vez transmitían una sensación de delicadeza. Entonces, Serpiente decidió interponerse apoyando la explicación de Félix, pero el efecto producido por su intervención la volvió más ofensiva. Cuando la escena comenzaba a volverse desagradable, apareció Ricardo. Se podían notar en él signos elevados de las consecuencias del narcótico y no comprendió del todo de que se trataba la discusión. Félix reaccionó con acertada elocuencia argumentando que discutían cuál de los celulares de ellos tenía la mejor cámara. Ricardo sacó de su bolsillo un modelo más reciente, que se había auto regalado por su cumpleaños, haciendo alarde de que era el mejor. Enseguida le pidió a Serpiente que tomara una foto a ellos tres juntos para demostrarlo. En ese justo momento, pasaba por detrás Elisa, la camarera, cargando una charola de bocadillos. Al terminar de capturar la imagen, Ricardo perdió el equilibrio y tropezó con la criada. Los bocadillos terminaron en el suelo, y la muchacha, recibiendo un injusto regaño. La actitud de Ricardo encendió a Serpiente y quiso responderle con unas cuantas verdades que debían ser dichas, pero se contuvo y optó por socorrer a Elisa. Mientras regresaban los panecillos a la charola, ella notó un brazalete en forma serpiente en una de las manos que le ayudaban, y manifestó un elogio. Al terminar la buena acción, Serpiente se retiró de la fiesta sin sospechar que, al momento de tomar la fotografía, en los lentes de Félix se había reflejado su brazalete de serpiente.

Su voz, me sigue pareciendo conocida… ¡pero, no puedo recordar a quien pertenece! La temperatura sube rápidamente aquí dentro, siento la boca seca y el ambiente comienza a sofocarse.

A la semana siguiente de la fiesta, Ricardo tenía planeado irse de campamento con sus amigos de pesca, y por consecuencia Félix y Victoria tuvieron su encuentro amoroso en la residencia, como estaba agendado por Daniela. Esa noche Serpiente robó un auto y lo estacionó varios metros lejos de la casa de su propósito. La reja de entrada estaba sin el cerrojo puesto, al igual que el pasador de la puerta trasera; Félix había hecho su parte.

Serpiente entró en silencio, y sin distracciones fue hasta donde estaba la caja fuerte. No le llevó más de media hora derrotarla.

En cuanto la abrió, se apresuró a guardar el contenido dentro de una maleta, y dejó en el interior de la caja fuerte las cartas de Victoria y los recortes de periódico, como le indicó Daniela. Y cuando estaba a punto de escapar apareció la única persona capaz de igualarle en maldad.

La condena de Daniela terminaba mucho antes de lo que había dicho, tú ya conociste su escondite el otro día, seguro lo recuerdas, cuando fuiste a investigar esa carta que te dejaron y encontraste su diario. Y por supuesto, Serpiente no había sopesado esa posibilidad. Fue algo muy decepcionante, fue una revelación muy dolorosa que Daniela saliera libre tan pronto.

La extraña expresión que encontró en su rostro le anunció que algo devoraba su interior; su egoísmo rotundo y avaricioso ya no bastaba para alimentar sus terribles pensamientos. Serpiente comprendió en el momento que el plan de Daniela era matarle para hacerla culpable de todo.

No hubo necesidad de intercambiar palabras, su misma naturaleza reconoció en ellas una tendencia depredadora y se abalanzaron como dos fieras salvajes una contra la otra.

Daniela iba armada con un cuchillo y logró herirle en el hombro, pero ella no era más que su rival y al mismo tiempo Serpiente logró conectar un golpe que le desequilibró, el cual, aprovechó para empujarle fuertemente contra una vitrina. Sin remordimiento, se quedó viendo cómo los cristales caían como lluvia sobre la cabeza de Daniela. Y esta quedó inconsciente.

Entonces, Serpiente se acercó pensando que aquella infeliz había querido privarle, a su mera hermana por elección, de seguir en esta vida. Se agachó a la altura de su cabeza, inclinándose hacia delante para escuchar su respiración. Apenas se percibía un leve jadeo. Y se percató que uno de los cristales había quedado apuntando hacia su cuello, uno muy puntiagudo. Estaba listo y suplicante para que Serpiente llevara a cabo su infeliz inspiración. Sus pensamientos le tomaron en un momento libre, y lo que iba a hacer por Daniela, hubiera querido que también lo hubiese hecho por ella misma en una semejante situación. Cualquiera pensaría que eso era una equivocación, pero a Serpiente le pareció lo correcto. Y lentamente, con ternura, empujó el cristal. Mientras le atravesaba la garganta, Daniela abrió los ojos. No intentó detenerle. Y su expresión nunca le pudo dejar. No era una súplica y tampoco un reclamo. Era enérgica, pero con cierta debilidad. Como si le estuviera dando una última orden, que le era, hasta cierto punto complaciente.

Antes de que Félix pudiera bajar, Serpiente tomó el dinero y se fue. Mientras Serpiente atendía su herida se dio cuenta que había perdido el brazalete durante la lucha. Y se decidió a abandonar la ciudad; si la policía lo encontraba, podría encausar su investigación hacia ella. Pero al día siguiente, Félix se enteró por Victoria que Elisa lo había encontrado. Esto atrajo su atención de modo absolutamente egoísta. Y Serpiente recibió la llamada. Félix aseguraba tener en su poder el cuchillo y el brazalete. Cada uno de estos objetos por separado no probaban directamente la implicación de Serpiente en el asesinato. Pero juntos, le vinculaban al momento del crimen. Significaba una terrible amenaza. Félix, para declinar entregar todo a las autoridades, exigía el botín completo. Quizá si su avaricia hubiera sido menos decidida, ella podría haber accedido a terminar el chantaje, pero no le dio la oportunidad de comprobarlo. Antes de acceder a su encuentro, Serpiente le pidió que enviara una fotografía demostrando lo que decía tener en su poder. Pero solamente envió la del cuchillo explicando que con eso bastaba. Evidentemente no tenía el brazalete y pretendía engañarle. De todas formas, Serpiente le siguió el juego anteponiendo sus condiciones, indicando que debían de verse en un lugar público, en la cantina El Cuervo de Palas.

Pero Serpiente no tenía intención de jugar limpio. Era amiga de los meseros del lugar y les había prometido una buena cantidad de dinero para que, en la primera oportunidad, pusieran un narcótico en la bebida de Félix. Una vez que este estaba lo suficiente drogado, Félix confesó que no llevaba ni el cuchillo ni el brazalete consigo. Entonces Serpiente aprovechó la ya conocida debilidad de Félix por las mujeres y con sus encantos lo sedujo para que aceptara pasar la noche con ella. Caminaron juntos por el estacionamiento hasta el auto de Félix, y Serpiente se puso al volante, conduciendo hacia su hogar.

Una vez dentro del departamento, Félix comenzó a sentirse extremadamente somnoliento. Serpiente sugirió que se diera una ducha de agua fría para despertarse. Sin embargo, en el momento menos esperado, Félix sintió el primer cuchillazo y cayó hacia atrás dentro de la bañera. Ya en el suelo le fue más útil, pero no como esperaba. Le obligó a confesar que el brazalete lo había encontrado Elisa, pero aún lo podía recuperar; si lo dejaba libre para ir a buscarla, ya que la criada había desaparecido de la casa de Victoria. La confesión sólo pronunció la actitud violenta de Serpiente. Félix, le tomó del pantalón rígidamente y pronunció una frase suplicante. Pero ella sólo sonrió y cortó su garganta. Sinceramente, creo que no tenía intención de acabar con él en ese momento, le hubiera gustado que primero confesara dónde guardaba el arma. Pero en ese instante sólo pensó en que no podía privarse de ese gusto. Además, Félix y ella eran los únicos que conocían de la existencia del cuchillo. Si Félix guardaba el secreto con su muerte, con eso le bastaba.

Al día siguiente, cuando Serpiente fue a la cantina para pagar a los meseros la cantidad acordada, uno de ellos le informó que Juan el cantinero había descubierto todo y que incluso la vio subirse al auto con Félix, y quería dinero a cambio de mantener el silencio.

Serpiente sabía que no podía dejar cabos sueltos, así que esperó a que oscureciera y fue a visitar a Juan en la cantina.

Conocía las actividades de Juan en el bar, especialmente sus transacciones de drogas dentro de su auto estacionado afuera. Serpiente propuso realizar la entrega del dinero de la misma manera para evitar ser vistos juntos en público.

La lluvia caía intensamente aquella noche, lo que dificultaba ver el interior de los autos desde afuera. Una vez dentro del vehículo, Serpiente no dudó y le disparó dos veces en la cabeza a Juan, asegurándose de eliminar cualquier amenaza futura.

Después se dedicó a buscar a Elisa.

Reflexionando, llegó a la conclusión de que sólo Victoria podía conocer su paradero. Y le hizo una visita. Confieso que no fue amable, Victoria le pareció una mujer cruelmente engreída. Y protegió a Elisa en lo que pudo. Pero los métodos de Serpiente obligaron a revelar toda la información que sabía, hasta que su voz se convirtió en un susurro.

En cuanto cayó la noche fue al domicilio que había indicado Victoria como la casa de la tía de su criada. Con excepcional agudeza escaló por una enredadera hasta la ventana del segundo piso, entró sigilosa y sorprendió a Elisa que estaba en la entrada de la cocina, apoyada en el marco de la puerta terminando de redactar una carta. En cuanto vio a Serpiente, supo a lo que iba. Mientras Elisa purgaba en el suelo los primeros horrores de su tormento, Serpiente comenzó a leer lo que había escrito. Fue así como se enteró que el brazalete ya estaba en manos de la policía y la llave enviada a Victoria. Entonces se acercó a Elisa y la degolló.

Seguramente en este momento ya sabes quién es Serpiente… ¿No dices nada?

—Sé que tú eres Serpiente y te llamas Ester Pine.

—Te equivocas querida Reni, ese no es mi nombre, ni el de Serpiente. Pero, ¿qué no te has dado cuenta, mujer? Observa bien el nombre que está escrito en la caja. Ester Pine y la palabra serpiente son la misma persona, e incluso son anagramas.

Lo que dice es verdad, ¿cómo no me di cuenta antes?, qué tonta soy.

—Pero hay otro nombre que conoces muy bien el cual también es un anagrama junto con los otros dos.

—No, … no puede ser, ¡eso es imposible!... ¡es el mío!

—Reni Tepes, Serpiente y Ester Pine no solo comparten las mismas letras, son la misma persona.

Reni Tepes reconoció un pensamiento absurdo oculto dentro de su cabeza, se resistía a creerlo, pero nada podía hacer por evadir la verdad. Entonces alzó su celular colocándolo detrás de su cuello y se tomó una foto. Una cruel realidad se mostraba ante sus ojos; en la pantalla aparecía el tatuaje de serpiente.

Abrió la caja y dentro encontró toda la evidencia que había reunido en sus últimos siete días vertida en su contra. Fotografías donde llevaba puesto el brazalete, la correspondencia que mantuvo con Daniela, un plano de la casa de Victoria, el dinero del robo, la pistola. No podía creer cómo un extraordinario surtido de objetos terminaría encontrándole para revelar el pasado que tanto buscaba.

Ahora sólo le quedaba descubrir quién era la persona afuera del elevador. Esa mente calculadora y precisa que para construir su plan se había valido del tiempo y paciencia como sus aliados más letales. ¿Qué habilidad capaz de llevar a cabo un acto tan atroz se encontraba detrás de esa puerta? Por su voz, sabía que le conocía.

En medio de la oscuridad e incertidumbre, buscó refugio en sus pensamientos. Cerró los ojos, pero no encontró ningún recuerdo. Le había abandonado en su memoria perdida para su propia conveniencia. Entonces se le metió la idea de que aquella mujer había venido para hacer justicia, para hacerle pagar por lo que había hecho, tal como habló el Sacerdote sobre el purgatorio. Reni no podía falsear su propia presencia en cada uno de los crímenes. Tuvo a su alcance los elementos para descubrirse y saber realmente quién era. Pero no lo recordaba. Su defensa paradójicamente demostraba la falla de su integridad.

En esos momentos comenzaba a librar una batalla por partida doble: contra quien ella llamaba Serpiente y contra el silencio o incredulidad de su propia conciencia. Y pensó en sus dos únicas opciones: abrir la puerta con la llave y enfrentar a su asesina o morir de una forma justa, equiparable con los crímenes que había cometido. De la manera que siempre había temido: morir de asfixia dentro de un elevador.

Era un tipo de juego en el cual era evidente que no quedaría muy favorecida. Quién diría que ese elevador iba a ser el destino de mucho más de lo que al principio le representaba.

Reni no podía aguantar más y comenzó a sentir una terrible sensación de angustia. El poco aire que quedaba parecía lleno de sospechas y ya no había tiempo para hablar más; temía que las palabras de aquella persona no se vieran atenuadas por procederes de otra índole diferentes a las de su propia maldad.

Se levantó agitadamente, golpeando con su mano por todo el estrecho ascensor pidiendo ayuda, con la esperanza de que alguno de los trabajadores del turno nocturno pudiera escucharle. Después de unos minutos, y con el rostro acabado, abolió esas divagaciones. Comenzó a sudar, desabotonó su camisa y se jaló los cabellos. Su boca se secó. Y con la espalda apoyada en la pared del fondo se deslizó lentamente al piso, con actitud cercana a la locura. Desistió a su ostentación de probar que sus recursos no eran nulos, estiró la mano e introdujo la llave en el cerrojo del pequeño compartimento de emergencia. La giró. La gaveta se abrió, y jaló la palanca para destrabar las puertas. Un fuerte crujido mecánico resonó y el aire entró.

Enseguida vio manifestarse unas largas y puntiagudas uñas negras por la pequeña abertura que separaba a las dos puertas. Poco a poco se abrían, descubriendo el misterio de la identidad de quien le acechaba.

Siete días habían transcurrido desde que Reni gozaba de una impunidad absoluta, pero ahora era el momento de enfrentar las consecuencias y saldar cuentas por todos los crímenes cometidos. Sin embargo, una pregunta siniestra se alzaba en su mente como un eco susurrante en la penumbra: ¿A quién le correspondía infligir el castigo a esta deidad negra que ella había encarnado?

Una figura femenina avanzó con elegancia silenciosa, como una sombra que se desliza por las páginas de una novela gótica. Su presencia habitaba en el mundo que le era familiar y permitido, un mundo que Reni conocía bien. Su rostro, inmutable y sereno, ocultaba las cicatrices de un pasado insondable. Sus ojos, fríos como el acero y penetrantes como un cuchillo afilado, eran como ventanas que daban a un abismo sin fondo, testigos silenciosos de las penurias que habían presenciado. Un tatuaje de serpiente serpenteaba en la nuca de aquella persona, una marca del veneno que había esparcido en vida, y en su muñeca, un brazalete con la figura de un animal que, al devorar su propia cola, forjaba un círculo con su cuerpo, un símbolo eterno de la condena a la que estaba destinada. En su mano, sostenía una pistola con determinación.

—Ya son las doce.

Entonces reconoció la voz de su asesina: era la suya.

Ni siquiera intentó hacerse a un lado o intentar sorprenderle. Con los ojos cerrados, el rostro endurecido, en una reclusión impenetrable aceptó su destino.

La presencia de Reni tembló ante esta manifestación de pesadilla, pero ya no podía huir. En el purgatorio, las almas tienen la oportunidad de buscar el perdón, de reconciliarse consigo mismas y con aquellos a quienes han herido en vida, y de encontrar una paz efímera en medio del tormento. Estas almas exhaustas y desgarradas por el sufrimiento albergan una breve esperanza de liberación.

Sin embargo, aquellas cuyas manos no pueden sostener la

culpa y el remordimiento en su corazón, son condenadas a un bucle de sufrimiento, reviviendo cada siete días las mismas agonías que infligieron a otros en vida. Una película interminable en la que el alma condenada se enfrenta a sí misma como su verdugo, esperando ansiosamente el día en que romperá ese ciclo y hallará la ansiada paz eterna.

—No te has arrepentido todavía, ¿verdad? —la voz de la mujer rompió el silencio—. Si tan solo hubieras examinado tu propia caligrafía.

Te veré en otros siete días. Y la fotografía en el espejo, ¿recuerdas quien la dejó?, fuiste tú misma quien la dejó allí. Cuando mañana vuelvas a encontrarla en tu espejo olvidarás lo que has hecho, olvidarás tus pecados de nuevo hasta que puedas descubrirte en cada uno de tus crímenes.

Con una calma que contrastaba con la gravedad de la situación, la mujer colocó el cañón del arma entre las dos cejas de Reni. Sin decir más, sin una última palabra, apretó el gatillo.

8

8 de agosto.

Mi nombre es Reni, pero eso… todavía no lo sé.

Made in the USA
Columbia, SC
29 July 2024

a570aab7-9578-4298-93de-aaede8750aabR01